*365*日入門シリーズ⑨

蕉門の一句

髙柳克弘
katuhiro takayanagi

ふらんす堂

蕉門の一句＊目次

蕉門の一句

凡例

○本書は、二〇一八年一月一日から十二月三十一日まで、ふらんす堂のホームページに連載した「蕉門の一句」を一冊にまとめたものです。
○それぞれ本文の終わりに出典を、季語と季節を太字で示しました。
○読みにくいと思われる俳句中の語にはルビ（読みがな）をつけてあります。ルビはすべて新かな遣いとしました。
○原則として常用漢字を用い、新漢字としました。ただし、一部の人名などはこの限りではありません。
○鑑賞文中に頻出する許六系の伝書『俳諧雅楽集』は、大阪女子大学図書館・山崎文庫所蔵の写本を、堀切実が翻刻したものを引用元にしています（「フェリス女学院大学紀要」（第十一号　昭和五十一年四月）に所収）。
○巻末に季語と俳句作者の索引を付しました。

一月

1日

日の春をさすがに鶴の歩みかな　其角《きかく》

「日の春」は、「今日の春」の略で、元日のこと。この其角の造語について、師である芭蕉は「春の日」か「立春は」とするべきではないかと指摘している。とはいえ、「日」には眩しい初日の出のイメージも重ねているのではないか。だからこそ、「鶴」の白さが際立つのであり、「春の日」では初日のかがやきが埋もれてしまう。めでたい新春にふさわしい、堂々たる鶴の歩みを詠み、名吟の風格がある。石田波郷に「吹きおこる秋風鶴を歩ましむ」（『鶴の眼』昭和十四年刊）があるが、対照的だ。波郷の鶴の寄るべない歩みには、現代人の憂愁が潜む。其角の鶴は、新春の喜びに晴々と胸を張っている。（『丙寅初懐紙』）季語＝日の春（新年）

2日

長松《ちょうまつ》が親の名で来る御慶かな　野坡《やば》

「長松、長松」と呼ばれていた丁稚が、年季奉公も明けて実家の跡を継ぎ、一丁前に「何屋何兵衛」などと名乗って、元の主人のところへ年賀の挨拶に来たというのだ。未熟だった若者の成長ぶりを目の当たりにした嬉しさは、いつの世も変わらない人情だろう。「長松」は、丁稚小僧の通称。めでたい「長」の字と「松」の字で出来た名によって、新年の気分を漂わせている。「長松が」「親の名で」と砕けた口語調に、年始の商家の活気が窺える。「長松の親の名に来る」では、品が良すぎるのだ。作者の野坡は若い頃に、日本橋の越後屋の手代をしていた経験があるから、こうした景をまぢかに見ていたのだろう。（『炭俵』）季語＝御慶（新年）

3日

鰻にもならずや去年の山の芋　支《し》考《こう》

狂言の「成上り」は、清水の参詣に出かけたところ、寝ているうちに主人の太刀をスリに盗られ、かわりに竹杖を持たされてしまった失態を、お供の太郎冠者が必死にごまかそうとする話。太郎冠者はつまらないものが成りあがるという意味の言葉を次々にあげるのだが、その一つに「山の芋鰻になる」の俚諺も出して、大雨で流された山の芋は川に入って鰻になるなどと言う。この諺を踏まえ、去年採ってきた山芋が、台所に無造作に転がったまま、年が明けても鰻になることもないと嘆じたのが、支考の一句。自らもまた、今年も出世する展望もなく、かわりばえしないと苦笑している風でもある。（『己が光』）季語＝去年（新年）

4日

ほつ〲と喰摘あらす夫婦哉　嵐《らん》雪《せつ》

「喰摘」の由来について『傍廂』は「春の始めに食ひて薬となるべき物のみ取りあつめて、客も主も物語りしながら、つまみとりてくひし故に、くひつみとはいへるなり」と説く。夫婦だけの暮らしなので、年賀客も少なく、喰摘も余ってしまう。そこで自分たちだけで少しずつ食べながら正月を過ごしたというのだ。「ほつ〲と」の慎ましさと「あらす」の豪快さとの、語感の違いが面白い。「あらす」には自堕落な暮らしを卑下するニュアンスもあるが、余人に煩わされることのない生活を良しともしているのだろう。嵐雪のはじめの妻は湯女で、母子ともに早世。再婚の相手は遊女で、子はいなかった。（『玄峰集』）季語＝喰摘（新年）

5日

梟の鳴やむ岨《そば》の若菜かな　曲《きょく》翠《すい》

前書に「松の中」とある。「梟の鳴やむ岨」という山の朝景色の簡潔な描写が、一句の読みどころだ。深い森から聞こえる梟の鳴き声も、明け方には止んだ。これから人々がやってきて、若菜摘みがはじまるのだ。山中に萌え出た春の七草は、さぞかし瑞々しく、生気に満ちていることだろう。「梟」は、たとえば『源氏物語』では夕顔の死の場面や、末摘花の屋敷の荒廃をまのあたりにする場面などで引き合いに出され、その声は不吉なもの、恐ろしいものとされた。それを正月のめでたい若菜摘みの行事に引き結んだところに、はっとさせる新しさがある。（『深川』）季語＝若菜（新年）

6日

七草や唱《しょう》哥《が》ふくめる口のうち　北《ほく》枝《し》

七日の人日に食べる七草粥のため、若菜を前夜に包丁の柄で叩いて柔らかくしておく。そのときに「七草なずな、唐土の鳥が、日本の国に、渡らぬ先に、ストトントン」などと囃し唄を歌うならわしがある。「唐土の鳥」は凶事をもたらすとされ、鳥追いの歌がもとになっているという説がある。厄払いのため、囃し唄は高らかに歌うべきものであるが、ここでは口の中でかすかに呟いていているという。慎ましく、可憐な若い女性を思わせる。「唱哥」（唱歌）は、元々は雅楽の用語で、楽器の旋律や奏法を口で唱えること。囃し唄を「唱哥」といったところにも、この市井の女性に潜む床しさを感じさせる。（『有磯海』）季語＝七草（新年）

7日

飾松過ぎてうれしや終《つい》の道　　杉《さん》風《ぷう》

「飾松」とは、門松や松飾のこと。松が取れるのは一般に名残惜しいものであるが、ここでは「うれし」と言っている。その理由は、下五が端的に示している。「終の道」、つまり病のために今にも命が尽きようとする日々であるからこそ、松過ぎまで何とか無事に生きられたことが「うれし」なのだ。めでたい正月の間には死なないようにしたいという生真面目さが可笑しい。『杉風句集』には「病中の吟」と前書がある。正確な年代は特定できないが、後期の作。芭蕉の最古参の弟子であり、経済的援助者であった杉風は、芭蕉死後、他の弟子との確執から、誰も訪ねてこない孤独の内に生涯を終えた。（『杉風句集』）季語＝飾松（新年）

8日

御代の春蚊帳は萌黄に極りぬ　　越《えつ》人《じん》

蚊帳の色は萌黄色（薄緑）と定まっているように、天子様のお治めになるこの世の春の太平も、永久に変わることはない、という句意。芭蕉はこの句を「重み出て来たり」と難じている（『去来抄』）。「蚊帳は萌黄に極りぬ」だけで、蚊帳を美化した句として十分であり、上五は「月影や」や「朝朗」などと置いて蚊帳の句としたらよいと言う。言葉の飾りすぎ、内容の盛り込みすぎへの戒めである。蚊帳は貴族のみ使う高級品だったが、江戸時代には萌黄色に染めた近江蚊帳が広く普及した。日用品である蚊帳を大袈裟に「御代の春」の喩えとして使った計らいが、軽みを心に置く芭蕉には承服できなかった。（『翁草』）季語＝御代の春（新年）

9日

正月をあらひ流して茶漬かな　露《ろ》川《せん》

正月に贅沢な料理が続くと、さっぱりしたものが食べたくなる。それは江戸時代の人々も、現代人も同じだと、この句は教えてくれる。まるで正月そのものが茶漬けとともに胃の腑へ流れ落ちていくかのように「正月をあらひ流して」と表したのが大胆だ。喉をさらさらと滑り下りてゆく茶漬けの表現として、実感もある。浮かれ気分の正月もいよいよ終わり、もとの質素な生活に戻ろうとする折の、未練と発奮のないまぜになった感慨が一句には込められているだろう。露川は尾張の数珠商で、晩年の芭蕉に師事。師の死後には家業を譲り、剃髪して月空居士と称し、俳諧師として全国を行脚した。（『三河小町』）季語＝正月（新年）

10日

なが〳〵と川一筋や雪の原　凡《ぼん》兆《ちょう》

目の届く限り、川の流れが続いている。その流れの他は、ことごとく雪の積もった景である。一面の雪の原、などと言ってしまっては、平凡になってしまう。ひとすじの川の流れを示すことで、雪の原の果てしのない広がりが見えてくるのだ。凡兆の句を、正岡子規がそうしたように、写生という文脈で評価するのは、賛成しない。川のほか、人家も畑も、生き物の影すら見えない「雪の原」は、定家が「花も紅葉もなかりけり」と詠じた浜辺以上に茫漠としていて、寂しさを通り越して可笑しさすら湧いてきはしないか。自然描写にとどまらず、人の内面まで踏み込んだ句と捉えたい。（『猿蓑』）季語＝雪の原（冬）

11日

伊勢海老のかがみ開きや具足櫃《ぐそくびつ》　許《きょ》六《りく》

伊勢海老とともに飾られた鏡餅を、具足櫃の前に供えてあったが、鏡開きの日を迎え、いよいよ打ち割るときがきた。鎧兜の前に飾った「具足餅」を槌で割って食べる武家の仕来たりが、鏡開きのルーツ。本物を飾らないまでも、具足を納めていた「具足櫃」の前で鏡開きをしている点に、武家の誇りが感じられる。伊勢海老を鏡餅にあしらっていることからして、裕福な武家なのだろう。伊勢海老の厳つい殻が、鎧兜のイメージと重なるのも楽しい。具足開きは「刃柄の祝い」ともいい、語呂合わせで一月二十日に行われていたが、三代将軍家光が四月二十日に死んだことから十一日に移された。（『正風彦根躰』）季語＝鏡開き（新年）

12日

霜やけの手をふいてやる雪まろげ　羽《う》紅《こう》

羽紅は、凡兆の妻。夫とともに芭蕉に師事した。雪だるまを作るために、一所懸命、雪玉を転がしていたのだろう、帰ってきた子供の手が、霜やけで真っ赤になっていたので、あたたかい息を吹きかけてやった、というのだ。母の優しさに溢れた一句であるが、表現の上に緩みや甘さはみとめられない。人称をうまく省略していることに注目したい。「ふいてやる」とか「雪まろげ」（雪だるま）という言葉によって、母と子供の存在が、一句の中にあることが、おのずからわかる。羽紅に宛てた芭蕉の書簡中に「さいどの無事に御そだてなさるべく候」とある「さい」という女児がモデルだと思われる。（『猿蓑』）季語＝霜やけ・雪まろげ（冬）

13日

鶏や榾焚く夜の火の移り　洒《しゃ》堂《どう》

鶏の姿がぼうっと浮かび上がっている。榾を焚く火に照らされているのだ。家の中に鶏が飼われている風景であるから、おそらくは農家であろう。火を囲む人よりも、かたわらの鶏を中心に据えた視点のズラシが面白い。「や」は現代俳句では季語に付けることが多い。ことに、「鶏」などという、さして感動的でもない題材に「や」の切字が付いているのは、意表を衝かれる。「鶏や」としたことで、榾明りに浮かび上がる鶏が、鳳凰や鶴に及ぶほどに神々しく見えてくる。ここでの「鶏や」は「鶏に」とほぼ同じ意味で使われていて、一句のリズムを整えるために働く「や」である。（『桃の実』）季語＝榾（冬）

14日

けづりかけかくてももとの姿哉　琴《きん》風《ぷう》

「削掛」は柳や白膠木《ぬるで》、接骨木《にわとこ》などの木片を細く削り、花の形にした飾り。小正月である旧暦一月十五日の前夜も年越しであり、この宵に門戸に掛けて、五穀豊穣を願った。『守貞漫稿』は江戸の風俗として「小なる物二三寸、大は尺余もあり。武邸は尺余の物を用ふ。民戸は専ら小形多し」と解説している。『宝暦現来集』によれば削掛売りという商売まであったようだ。琴風の句では、削られてしまっても、もとの木の形はありありと浮かんでくるという。木の持っている霊力のようなものを感じさせる。それはやはり、削られて白い肌をさらすことで、定かになるのだ。俳諧は、民俗誌でもある。（『俳諧六歌仙』）季語＝削掛（新年）

15日

縁に寝る情《なさけ》や梅に小豆粥

支考

前書によれば、旅中、常陸の国の足洗というところで行き暮れてしまい、宿を求めたが念仏勤行があるために貸してくれず、軒下の縁側を借りて一晩過ごした時の句だという。「小豆粥」は、小正月の日に一年の息災を願って食べるもの。支考が泊まったのがちょうど正月十五日のことで、家の者がせめてものもてなしに出してくれたのだろう。「縁に寝る」はいかにも寒々しいが、庭先の梅が香る中で啜る小豆粥に、これはこれで悪くないと開き直る風である。「情」とは、旅の侘びた風情を味わわせてくれたことへの感謝なのだ。（『続猿蓑』）季語＝小豆粥（新年）

16日

やぶいりや見にくい銀を父の為

其角

藪入りは、旧暦の一月十六日に、奉公人に休みが与えられること。落語の「藪入り」で知られている通り、親元に帰るのが普通だった。詞書に「いもうとにいひやる」とあるから、ここは女中のイメージで読みたい。「見にくい」は「醜い」と同じ。遊び人だった其角は、金の恐ろしさ、醜さが骨身にしみていたのだろう。ドストエフスキーの『罪と罰』で、飲んだくれの父マルメラードフのために、娘のソーニャが身を売って「三十ルーブル銀貨」（亀山郁夫訳）を持ち帰るシーンが思い浮かぶ。そこまでではなくとも、辛く淋しい日々のかわりに得られるのが「銀」なのだ。風雅なばかりが俳諧ではない。（『類柑子』）季語＝藪入り（新年）

17日

夕闇の水仙や月を胎むらむ　乙《おと》州《くに》

水仙の花は白い花びらの内側に、もうひとつ黄色の花のようなものがある。副花冠といい、乙州の句は鮮やかな黄色をしたこれを月に見立てて、月を孕んだ花として水仙を捉えた。夜の月は、夕闇の頃に水仙が孕んでいた月が生まれ落ちたものだというのだ。当時は奇抜な見立てと受け取られたのだろうが、私の目には、ロマンティックな比喩に映る。ワーズワースの有名な詩「水仙」には「Continuous as the stars that shine / And twinkle on the milky way.」という一節があり、湖畔に並んだ水仙を天の川の星々に喩えている。イギリスのロマン派詩人と蕉門俳人との、詩心の響き合いと興じたい。（『孤松』）季語＝水仙（冬）

18日

自由さや月を追行置炬燵　洞《どう》木《ぼく》

すばらしい寒月を追いかけて、窓から窓へと移動することが出来る、この置炬燵とは、なんと自由なものなのだろう、といった句意。「自由」は近代「freedom」の訳語としてあてられたが、もともとは仏教用語。「自らに由る」、つまり他人に左右されない独立した精神の状態を指す。大仰な宗教用語を、月を追って炬燵を動かしていくという奇妙な場面に用いたミスマッチが狙いで、真剣に「自由」ということを考えているわけではない。いくら置炬燵が移動自在とはいえ、わざわざ追いかけて運んでゆくほど月の美しさに執着しているとは、まさしく風狂者である。悟った宗教者では、断じてないのだ。（『続猿蓑』）季語＝置炬燵（冬）

19日

ゆつくりと寝たる在所や冬の梅

惟《い》然《ぜん》

静かな田舎でたっぷりと眠らせてもらった翌日、伸びやかな気分で庭先を眺めると、はやばやと咲いた梅を見つけたというのだ。元禄八年の冬、豊後国日田で地元の俳人・朱拙の家に泊まった際の句。「梅の花」ではなく、寒さの中に咲く「冬の梅」を配して、句が引き締まった。梅の名所である豊後への挨拶の意もあるだろう。朱拙によれば、夜っぴて俳句談義をして明け方に眠り、目が覚めたのは昼頃だったそうだ。宋代の詩人・程明道による、俗世を離れた自在の境地を表した「閑来事として従容たらざる無く／睡り覚めては東窓日已に紅なり」(『秋日偶成』)の一節を、この句を読んだ朱拙は思い出している。(『梅桜』) 季語＝冬の梅（冬）

20日

其春の石ともならず木曾の馬

乙州

木曾義仲は寿永三年正月二十日、粟津の地で最期を遂げた。この句は義仲寺の墓前で詠まれたもの。義経軍に攻められて敗走中、馬が田圃にはまって身動きがとれなくなったところを討たれてしまった義仲。そういえば、あの愛馬はどうなったのだろう、石の塚となって義仲の墓を守っていればよいのだが、そのようなものはなく、なんとも空しい、というのだ。芭蕉は「物の讃・名所等の句は、先づ其場を知るを肝要とす。(略)句の善悪は二の次なり」として、この句は優れた句ではないが『猿蓑』に入れるように指示している(『旅寝論』)。とはいえ、「其春」の導入のさりげなさには、捨てがたい魅力がある。(『猿蓑』) 季語＝春（新年）

21日

応《おう》々《おう》といへど敲《たた》くや雪の門《かど》　去《きょ》来《らい》

「はいはい」と答えているにもかかわらず、雪に埋もれた門を叩くことを、来訪者は一向にやめないのだ。寒くて早く入れてほしいのだろう。作者はその眺めを、かたわらで見ている感じだ。同門の間で好評を博し、作者も「此句のさびのつきたるやうにぞんじられて、此を自賛仕候」（元禄八年正月二十九日付許六宛去来書簡）と自信の一句だと語る。たしかに閑寂な風情のある「さび」の句といえるが、魅力はそこに限らない。門を敲く客の真剣で切迫したさまを描くのに、ともすれば嘲笑的になりそうなところを、雪の夜の寒さを共にする者として、共感の微笑みでもって対していて、人情味がある。（『句兄弟』）季語＝雪（冬）

22日

淋しさの底ぬけてふるみぞれかな　丈《じょう》草《そう》

「底」という一字の凄さに、圧倒される。本来は具体的な物について用いるはずの「底」を、「淋しさ」という感情について用いた発想が非凡である。ただの言葉遊びではなく、柄杓だとか鍋だとかの底が抜けて、水がこぼれるイメージを生かしつつ、水ならぬ冷たい「みぞれ」を迸らせたところに、実感がある。「時雨」でも「雪」でも、この淋しさの極みには釣り合わない。感情が臨界を超える瞬間を、鮮烈に再現してみせた。感情表現は使わない方が良いといわれる現代俳句の固定化したセオリーも、この句を前にしてはいかにも空しく響く。芭蕉の墓がある義仲寺の領内に結んだ自身の草庵「仏幻庵」での一句。（『篇突』）季語＝みぞれ（冬）

23日

我雪とおもへばかろし笠の雪　其角

前書には、唐の詩僧・可士による「笠は重し呉天の雪」の一節が引かれている。昔、異郷の呉の国を行脚している時には、笠に重く雪が積もって難儀したものだ、と修行僧の過酷さを表したのが、可士の詩。それを茶化して、所詮は自分一人分の雪に過ぎないのだから、大した重さでもあるまいに、とひっくり返したのが其角の句。禅僧が誇張して訴える「重し」を、俳諧師として現実的な「かろし」に転じたのが痛快だ。この句について正岡子規が「もしこれを模倣する者あらば直ちに邪路に陥ること必定なり」（『俳諧大要』）と述べているのはもっともだが、こうした人生訓のような句も、それはそれで味わい深い。（『雑談集』）季語＝雪（冬）

24日

蒲団着て寝たる姿や東山　嵐雪

「東山晩望」と前書。しだいに闇に没していく東山の峰々の稜線は、蒲団を着て眠っている人のようになだらかだ、という句意。当時、庶民にはまだ「夜着」と呼ばれる着物型の寝具が一般的で、「蒲団」は高級品。嵐雪には「蒲団着て寝たる姿」が新鮮に映ったに違いない。盆地である京都ならではの山への親近感や、ものがみな枯れ切った冬の山らしい静寂を伝えていて、見立ての句ながら深みがある。因みに蕪村はこの句をパロディして「嵐雪とふとん引合ふ侘寝かな」と詠んでいる。嵐雪へのリスペクトが生んだ、虚構の句だ。嵐雪と蕪村が共寝する蒲団とは何とも贅沢。ぜひ潜りこんでみたい。（『枕屏風』）季語＝蒲団（冬）

25日

ひつかけて行《ゆく》や雪吹《ふぶき》のてしまござ　去来

豊島《てしま》莫蓙は、摂津国豊島郡産出の藺莫蓙。幅が狭く丈の短い粗末な莫蓙で、旅人がいざという時の雨具に使った。旅の道上、ふいに襲ってきた吹雪の中を、豊島莫蓙をひっかぶって一心不乱に駆けてゆく、という情景である。散文では、「雪吹」の中「てしまござ」を「ひっかけて行」という語順となるが、これを逆転させ、いきなり「ひっかけて行」の動詞から始まり、突然の吹雪への驚きをいきいきと再現している。「雪吹のてしまござ」の緊縮した表現も巧みで、莫蓙に吹きつける雪の激しさを伝える。これもまた予測のつかない旅というものの面白さの一つだと、興じている風でもある。（『猿蓑』）季語＝吹雪（冬）

26日

わぎも子が爪紅《つまべに》のこす雪まろげ　探《たん》丸《がん》

愛しいあの子の爪紅粉が滲んでいる、この雪だるまに心惹かれている、という句意。「わぎも子」も「爪紅粉」も恋を暗示する言葉。上五中七で艶美な雰囲気を漂わせつつ、下五で「雪まろげ」に落とす滑稽味が、作者の狙いどころだ。とはいえ、「雪まろげ」でも打ち消せないコケティッシュな魅力がある。子供と一緒に雪だるまを作るような、屈託のない性格なのだろう。爪紅粉の赤さとの対比で雪の白さが際立ってきて、「わぎも子」の肌の白さ、ひいては純真さまで思われてくる。「わぎも子」その人はこの場にはおらず、わずかな爪紅粉の赤さだけを残していることも、存在感を高めるのに効果的だ。（『猿蓑』）季語＝雪まろげ（冬）

27日

鳥どもも寝入つてゐるか余呉《よご》の湖《うみ》　路《ろ》通《つう》

水鳥もまた深い眠りについているらしく、余呉湖の夜の闇は静まり返っている、というのだ。余呉湖は琵琶湖の北側、賤ヶ岳で隔てられた湖。古来詠みつくされた琵琶湖ではなく、隣の余呉湖を舞台にしたのが俳諧的だ。芭蕉が「この句細みあり」（『去来抄』）と評したのは、「ゐるか」という断定を避けた微妙な言い回しで、冬夜の情感を細やかに言い当てた点に由来するだろう。「鳥どもも」の「も」は、余呉の湖のほとりで自分も旅寝しているという意味での「も」であろうが、湖の水面や、水辺の草々など、風景のどこにも起きているものがいない、というニュアンスも含んでいて、深い。（『猿蓑』）季語＝浮寝鳥（冬）

28日

蕎麦切に吸物もなき寒さかな　利《り》牛《ぎゅう》

「蕎麦切」は麺状の蕎麦のことで、今「蕎麦」と呼ばれているものと同じ。「蕎麦掻」と区別するために「蕎麦切」と呼んだ。江戸時代には夜食としてよく食べられていたようだ。利牛の句は、夜中に蕎麦を啜っているのだが、貧しさゆえに温かい吸物が用意できないので、寒さがひとしお身にしみてくる、という。現代の夜食はインスタントの麺料理があるから助かるが、蕎麦だけでは確かに辛そうだ。震えながら蕎麦を啜っているさまを想像すると、本人が真剣なだけに、微苦笑を誘うところがある。作者の利牛は、野坡らとともに『炭俵』を編集。芭蕉の「軽み」への作風転換をよく汲み取った弟子であった。（『炭俵』）季語＝寒さ（冬）

29日

一いろも動く物なき霜夜かな

野《や》水《すい》

何一つ動くものがない、寒さの極まった霜夜の風情である。おおづかみな景色の捉え方が、この句の場合は奏功している。万物に分け隔てなく襲いかかる、寒気というものの本質を突いているからだ。「一いろも」と言ったのが巧い。「いろ」という要素に絞ったことで、あらゆるものが凍りついてしまったかのような夜の風景が、映像として鮮明になった。闇の中、しかも冬景色であるから、「いろ」は乏しく、モノクロに近いだろう。いかにも寒々しい一句。霜と氷に閉ざされた世界の終焉の風景を描いているのではないかと、ふと錯覚する。作者の野水は名古屋の裕福な呉服商。趣味として俳諧を楽しんだ。(『猿蓑』)季語＝霜夜(冬)

30日

夜をこめて雪舟《そり》に乗たるよめりかな

長《ちょう》虹《こう》

百人一首に名高い清少納言の「夜をこめて鳥の空音は謀るとも世に逢坂の関は許さじ」は、夜が明けないうちにという意味の「夜をこめて」の歌い出しが優美である。この「夜をこめて」という歌語を、鄙の地の「よめり」(嫁入り)の場面で使ったのが肝だ。通常は徒歩、あるいは馬や輿を使ったりもするが、雪舟に乗っての花嫁道中というのだから、舞台は雪国だと想像できる。当時の嫁入りは農閑期の冬に行われたため、新郎宅での祝言へ向かう途中で、日が暮れてしまう。そこで「夜をこめて」となるわけだ。掲げられた提灯のあかりが、雪によく映えることだろう。幻想的で、異国情趣の漂う一句である。(『あら野』)季語＝雪舟(冬)

31日

下京や雪つむ上の夜の雨　凡兆

凡兆が上五を置き悩んでいたところ、師である芭蕉が「下京や」と置くように提案し、「これ以上にふさわしい上五がもしあるならば自分は俳諧をやめよう」とまで言ったという、会心の上五である（『去来抄』）。下京は、三条通り以南の市街地。中七下五は風景の描写であり、商家の並ぶ「下京」を配することで、自然と人事のバランスがうまく保たれている。ウ音の多い訥々とした調べで、昼の賑わいとは打って変わって静まり返った雪夜の下京の雰囲気を伝えている。内容に風格があり、句の立ち姿も凜々しい。蕉風俳諧が、和歌・連歌に対する只のカウンターカルチャーではなかったことを物語る、名吟である。（『猿蓑』）季語＝雪（冬）

二月

1日

火とぼして幾日《いくか》になりぬ冬椿

一《いっ》笑《しょう》

「火とぼす」は、花が咲くことの詩的表現。この場合には、「冬椿」の赤さや温かみの比喩であり、冬景色の中でひときわ目立つその色彩を印象付けている。「幾日になりぬ」には、寒気に晒されながら健気に咲き続ける冬椿へのいたわりの気持ちが滲んでいる。一笑は加賀蕉門の先駆的な存在。芭蕉が『おくのほそ道』の旅で金沢を訪れる二年前の元禄元年、三十六歳の若さで一笑はすでに亡くなっていた。「塚も動け我が泣く声は秋の風」は、追善句会で芭蕉が詠んだ、手向けの作。この痛切な一句を捧げられるに足る、才気ある若者だった。（『あら野』）季語＝冬椿（冬）

2日

鴨おりて水まであゆむ氷かな

嵐雪

飛んできた鴨が、池の氷の上に降りたって、水のあるところまで、歩いて進んだ、というのだ。氷上を歩く、鴨のヨタヨタした歩き方を思って、何とも微笑ましい気持ちになる。水に辿りつくと、さぞかし気持ちよさそうに入っていったことだろう。句には書かれていない、そんな場面までまぶたに浮かんでくる。動物のいきいきとした動きを、十七音という制約の中で書くというのは、実は難しいこと。この句も、くどくどと説明的になりそうなところが、さらりと書かれていて、嵐雪の腕の冴えをまのあたりにする思いだ。「おりて〜あゆむ」の無駄のない描写が清々しい。（『続阿波手集』）季語＝氷（冬）

3日

豆とりて我も心の鬼打たん　野坡

本当に打つべき鬼とは心の内にいるものだと取ると、説教くさい句にも思えるが、さにあらず。「我も」の「も」に着目したい。助詞の「も」は「…もまた」という併立の意味ではなく、『万葉集』における願望・希求・意志の文においては「『せめて……でも』と願望する気持は、その語をふくむ叙述全体に、陳述として附加される」という感情的な意味があったことを、国文学者の坂倉篤義氏は指摘する（『歌の解釈』、「万葉」45号）。この句は、「せめて豆をとって心の鬼を追い払うことでもできたらなあ」と、豆ごときでは払い難い邪心まみれの自分に興じるニュアンスを汲み取った解釈をするべきだろう。（『続虚栗』）季語＝豆打（冬）

4日

鶯の身をさかさまに初音かな　其角

「初音」は、その年にはじめて聞く鶯の鳴き声。おや、初音だと声のする方を見てみたら、鶯が身を反りかえらせて鳴いていた、という。『枕草子』に声や姿かたちが「あてにうつくしき」と評されている鶯を、有頂天になっているのか、トリッキーな姿態で鳴かせたのが、いかにも其角流の派手な俳諧だ。同門の弟子たちの間では、この句の評価はまっぷたつに分れている。去来は、早春の鶯の姿として現実感がないとして否定的。一方、許六は、「天晴、近年の秀逸とやいはん」（『篇突』）と称賛している。伝統的な季語を、どこまで自由に詠むことが許されるのか。現代の俳人にも突きつけられた、難しい課題だ。（『初蟬』）季語＝鶯（春）

5日

鶯に手もと休めむながしもと　智月《ちげつ》

「鶯」という季語の本意は「初春の心持第一也。春の便りと見る習ひ也」（『俳諧雅楽集』）。春を告げる鶯の声を聞き留めて、ふと台所仕事の手をとめた。しばらくその声に耳を傾け、早春の気分に浸ろう、といった句意。水仕事を題材にしたがゆえに、手元の水の冷たさが感じられるのは、よく配慮されている。しだいに水も温んでくるだろうという予感があるのだ。作者の智月は五十三歳で夫と死別、実弟であり養子でもあった乙州の縁で俳諧に手を染めた。この句は、大正期に高浜虚子が「ホトトギス」に設けた女性向けの投稿欄「台所雑詠」にまざっていてもおかしくないような、生活実感のある作である。（『続猿蓑』）季語＝鶯（春）

6日

灰すてて白梅うるむ垣根かな　凡兆

灰はあく抜きや洗剤など様々に活用されてきた。凡兆の句では、肥料にするために、庭の白梅の根元に灰を打ち捨てたのだ。すると、もうもうと舞い上がったけむり越しにぼんやりと見えることで、白梅の風情がいっそう増したように感じたわけだ。白梅の清雅さは、古くから雪にも喩えられてきて愛でられてきたが、灰かぶり姫ならぬ〝灰かぶり梅〟の、おぼろげな美しさを発見したのが凡兆の手柄といえよう。しかも、わざとらしく雅と俗の衝撃を狙ったのではなく、庭に灰を捨てるという日常性の中に見出して、自然な景の中に溶かし込んでいる。「垣根」にも美を見出そうとする強かな詩精神を発揮した一句。（『猿蓑』）季語＝白梅（春）

7日

きさらぎに酒の慾しるふすまかな　露《ろ》沾《せん》

陰暦二月の異称「きさらぎ」の語源には諸説ある。藤原清輔は『奥義抄』で「正月のどかなりしを、此月さえかへりて、更にきぬを着れば、きぬさらぎといふをあやまれるなり」と述べ、「衣更着」から来ていると説く。露沾の句はこの説を踏まえつつ、夜具の衾をかぶった下に、重ね着をして、それでも寒いので一杯呑みたくなっているという。立春後の寒さをまぎらわすための「酒」だというのだが、実のところ、呑む理由がほしいだけなのかもしれない。麻布六本木にあった露沾邸での「余寒」を題にした句会で作られた一句。作者は磐城平藩藩主・内藤風虎の次男。蕉門で最も身分の高い人だった。（『勧進牒』）季語＝きさらぎ（春）

8日

灸の点干《ひ》ぬ間も寒し春の風　許六

「題余寒」と前書。「灸の点」とは、灸を置くところに記す墨の点のこと。墨が乾くまでの時間、衣を脱いで肌を晒しているのだが、そのわずかな間にも、吹きつける風で体が冷えてしまうという。『篇突』の中で許六が、「灸の墨の干兼《かぬ》るに肌を着兼《か》ね、引残したる赤菜の中に吹《ふ》くこそ、余寒を残したる春風とは云ふべけれ」（「四季の風」）と述べているとおり、この句に吹く風は、「春の風」とは名ばかりで、まだ冷たいのだ。「春の風」と一口にいっても、春のはじめの風と、春も闌けてきたころの風とでは、まったく違う。繊細な季節の感覚を、灸を据えるという生活感あふれる場面を通して表現した。（『韻塞』）季語＝春風（春）

9日

鶯の舌に乗せてや花の露

半《はん》残《ざん》

同門の俳人たちの間で、「乗せてや」の語法に千金の価値があると評されている（『去来抄』同門評）。仮に「乗するや」と断定しては、「花の露」という詩的な表現の趣がなくなってしまう。「乗りけり」としては、鶯が花の蜜を吸っているという現実を写し取っただけで、そもそも句にならない。「乗せてや」の「や」は、感嘆と疑問の意を含み、「花の露で喉を潤しているから麗しい声で鳴くのだろうか」とぼかした。そのことで、「花の露」が幻想性を帯びるのだ。「花の露」は、ただの花の蜜ではない。古代中国の伝説でいうところの、天から降ってくる「甘露」のイメージも重ねられているだろう。（『土大根』）季語＝鶯（春）

10日

鶯や下駄の歯につく小田の土

凡兆

気温の上昇とともに霜や氷が溶けてぐちゃぐちゃになった土が「春泥」。近代以降に広まった季語であるが、ここで書かれているのはまさにそれ。べっとりと下駄につく田んぼの土というのはいかにも不快な印象だが、ここでは「鶯」との取り合わせによって、それもまた春らしく喜ばしいものに感じられる。妙なる鶯の声と下駄につく泥とは対照的だが、春の訪れを実感させるものとしては、類似的だ。「小田」の「小」はいわゆる指小辞で、親しみを表す言葉。「田」ではなく「小田」にしているのは、音数上の都合に加え、下駄の土を汚く見せるのに歯止めをかけ、鶯と釣り合わせるための配慮でもある。（『猿蓑』）季語＝鶯（春）

11日

梅が香や乞食の家ものぞかるゝ　其角

「遊大音寺」と前書。大音寺は江戸吉原の裏手の田園の中にあった（現在の台東区竜泉）。江戸後期の『遊歴雑記』は、昔から物騒なところだったと述べている。梅の香りに誘われて、うら寂しい大音寺のあたりまでやってきた風流人に、これも風流とばかりに、乞食の小屋が覗かれている、という句意。「のぞかるゝ」と、受け身の表現を用い、乞食の立場から詠まれていることを重く見たい。「乞食かな天地ヲ着たる夏衣」（『虚栗』）という句に「我身」という前書を付した其角は、同情以上のものを、乞食に感じていた。自由な生き方に、憧れがあったのだ。（『続虚栗』）季語＝梅が香（春）

12日

我が事と鰌《どじょう》の逃げし根芹かな　丈草

自分が捕まえられると勘違いして泥鰌が慌てて逃げだした、そんな芹摘みの風景である。芹は古くから春の七草のひとつとして食用にされてきた。平安時代中期以降は、叶わぬ恋心を寓意するのに「芹摘む」という歌語が成立する。なぜ芹を摘む人に、恋に苦しむ人が仮託されるのか。宮中の庭掃除の男が、御簾の内で芹を食べる后を偶然見かけて、恋焦がれて芹を摘んでは御簾の外に置いたが、叶わずに死んでしまったという、歌論書『俊頼髄脳』に伝わる物語に由来する。丈草の句は、恋の情趣を一掃し、素朴な風景の内に「芹」を新生させた。臆病な泥鰌は、早春、活動し始めたばかりの生き物たちの代表だ。（『猿蓑』）季語＝根芹（春）

13日

春の野に心ある人の素𠆢《すがお》哉　園女《そのめ》

「心ある人」とは、物に感じる心を持っている、本当の意味で知性のある人、ということ。春の野遊びに出た女たちが、化粧を厚くし、着飾っている中で、素顔で質素な装いでいる人の飾らない人柄を讃えた。現代風に言えば、スッピンでカジュアル・ファッションの女性こそ素晴らしいよ、ということ。『あら野』では「恋」の部の冒頭に、この句が置かれている。素顔の女に懸想している男の存在が、言外にあるのだ。言葉を弄することを厭い、素朴で率直な把握を重んじた蕉門の句であることから、「素𠆢」というものがもつ象徴的意味合いも、考えたいところ。園女は、医者で俳人の一有《いちゆう》の妻。（『あら野』）季語＝春の野（春）

14日

うらやましおもひ切時《きるとき》猫の恋　越人

「越人猫の句、驚き入り候」と、芭蕉絶賛の一句である（元禄四年三月九日付去来宛書簡）。あれほど狂おしかった恋猫の声も、時季が来ればすっぱりと止んでしまった、その思い切りの良さが実に羨ましい、という句意。『俳諧雅楽集』に「猫の恋」の本意について「人情にかけておもふべし」とあるとおり、言外に、人の情欲の断ちがたさへの歎息が潜んでいる。初案は「おもひきる時うらやまし猫の恋」であったが、芭蕉の斧正が入り、今の句形になった。今日はバレンタイン・デーということで、現代社会のあちこちでも、「うらやましおもひ切時……」の声が上がっているにちがいない。（『猿蓑』）季語＝猫の恋（春）

15日

涅槃像あかき表具も目にたゝず　沾圃《せんぽ》

釈迦入滅の日と伝えられる二月十五日には、各地の寺院で「涅槃会」が営まれ、「涅槃像」を掛けて供養する。娑羅双樹のもとに横たわる釈迦を囲み、弟子たちや衆生、動物たちまでもが集まって嘆き悲しんでいるさまを描いたのが「涅槃像」である。多種多様な人々や動物が描かれているので色彩豊かで、派手な「あかき表具」も気にならない、という句意。涅槃会のめでたさを損なうものは何一つないというわけである。釈教の句（宗教関連の句）は「おとなしく」（『去来抄』にある芭蕉の言葉）、あるいは「殊勝に」（『鳳鳴談』にある千那の言葉）詠むべきというのが、蕉門の考えだった。（『続猿蓑』）季語＝涅槃像（春）

16日

蝙蝠にみだるゝ月の柳哉　荷兮《かけい》

飛来した蝙蝠が乱すのは、月に照らされた柳の枝だ、という句意。「蝙蝠にみだるゝ月の」までは読んだときに、蝙蝠のはばたきによって月の光が乱されるという幻想的なイメージが浮かぶ。最後に「柳かな」と来て、柳の長い枝が蝙蝠によって揺らされている、という現実的なイメージを詠んだものだと気づくが、月が乱されているという印象はなおも、読者の中に残る。外山滋比古氏の言葉を借りれば「修辞的残像」によって、複雑な味わいを得ているのだ。柳は、垣根や村外れに植えられたため、この世とあの世の境界という意味を持つようになった。それもあって、幻想的、怪奇的な雰囲気を漂わせる一句だ。（『あら野』）季語＝柳（春）

17日

物よはき草の座とりや春の雨　荊《けい》口《こう》

「春の雨」と「春雨」の違いについて、土芳の『三冊子』は、「春の雨」は正月から二月初めにかけて降る雨で、「春雨」は二月末から三月に降る雨、と区別している。だが、実際の作品を見ると、そこまで意識的に詠みわけてはいない。季節感よりもむしろ、語感の違いにこそ、配慮していたようだ。荊口の句は、『三冊子』の説くとおり、「春の雨」の持つ早春の季節感がよく出ている。春のはじめの雨に促され、草が芽吹いてきたが、まだ頼りなく、しっかりと土に根付くには、時がかかりそうだ。根付きのことを「座とり」と擬人化したところに、ちょっとした面白さがある。（『続猿蓑』）**季語＝春の雨（春）**

18日

梅の花赤いは赤いは赤いはな　惟然

梅の花は、赤いなあ、つくづく赤いなあ……と感嘆しているのだ。惟然は元禄十二、三年頃から口語調の句を詠むようになった。同門の去来は「是等は句とは見えず」（『去来抄』）と手厳しい。去来によれば、最晩年の芭蕉に、「俳諧は気先を以て無分別に作すべし」「この後いよ〳〵風体かろからん」と軽妙な作風を褒められたのを得意になって、句の勢いや句の姿といったものをまったく忘れてしまった、という。だが、唱えているうちにそのリズムが口に馴染んでくる、屈託のない魅力があるのは確か。「あか」「はな」という明るい音の繰り返しが、春の到来に雀躍する心をよく伝えている。（『惟然坊句集』）**季語＝梅の花（春）**

19日

氷消《きえ》て風におくれそ水車《みずぐるま》　園女

今日は二十四節気の「雨水」にあたる。雪が雨になり、氷が水に変わる頃だ。春一番が吹くのも、この時分である。園女の句は、小川の氷が解けて、水車が回り出すという、早春の景をいきいきと描き出している。「おくれそ」は、「な～そ」という禁止を表す表現の「な」が抜けた形。「水車」に「春風の強さに遅れをとることなく勢いよく回れ」と呼びかけているのだが、それはひいては、地を潤し始めた水全体に向かって、春風と力を合わせて早く春を呼びこんでくれ、と命じていることになる。風や水の精霊に、衒いなく呼びかけている園女は、さながら江戸時代のナウシカといった風情だ。（『其袋』）季語＝氷解く（春）

20日

木枕の垢や伊吹に残る雪　丈草

「この残雪の美しさは誰か丈艸の外に捉え得たであろう？」と評したのは芥川龍之介であった。庵を訪ねてきた惟然と、二、三日、風雅の交わりを楽しんだ後、丈草はこの句を贈った。「伊吹」は、近江と美濃の国境にそびえる霊峰。惟然が硬い木枕を嫌うのを見ていた芭蕉が、お前はずいぶん頭を大事にしているんだなと揶揄《からか》ったという、三人の共通の思い出があったようだ。成立事情はさておいて、卑近な「木枕の垢」と壮麗な「伊吹に残る雪」とは、二物衝撃といってもいいような、思いがけない結びつきといえる。伊吹の残雪の輝かしさによって、木枕の垢も、貧者の栄誉として、尊いものにすら思えてくる。（『鳥の道』）季語＝残雪（春）

21日

梅が香や客の鼻には浅黄椀　許六

「取り合わせ」の手法に熱心だった許六。『俳諧問答』の「自得発明弁」の中で、この句の成立過程を明らかにして、その効用を主張している。まずは、「梅が香」にふさわしいものとして、花鳥絵を施した雅びな「浅黄椀」を取り合わせることを思いついたという。そして中七を「精進なますに」「据ゑ並べたる」「どこともなしに」とさまざまに置き換え、最終的に「客の鼻には」と置いて、成案とした。梅の香りと、浅黄椀の汁とで、客をもてなしているという情景だ。汁を飲もうとして椀を鼻に近づけているところに着目した軽い可笑しみが売りだ。（『篇突』）季語＝梅が香（春）

22日

しら魚の一かたまりや汐たるみ　子《し》珊《さん》

「しら魚」は、早春の季節感を示す魚として、俳人に好まれた題材。産卵期に遡上するところを、河口域で網を使って漁獲する。「汐たるみ」とは、満潮時あるいは干潮時の、ほとんど水の動きのない潮のこと。波の立たない川面に、群れを成して泳いでいる白魚が「一かたまり」に見えたというのだ。「汐たるみ」の「たるみ」の語が、一句全体の雰囲気を決定している。早春の緩んできた大気の印象や、白魚の群れのゆったりとした動きは、「たるみ」の一語から連想できる。「白魚」の本意である「おぼつかなき心」（『俳諧雅楽集』）をよく汲み取った句といえよう。子珊は芭蕉晩年の弟子。（『続猿蓑』）季語＝白魚（春）

23日

かげろふやほろほろ落つる岸の砂　土芳《どほう》

陽炎の本意は「陽気の起る心　天気よき姿」にある（『俳諧雅楽集』）。陽炎が立つあたたかい日和、凍解の川岸から砂がほろほろとこぼれている、という句意。陽炎と砂という地味な題材であるが、この世ならぬ雰囲気も醸し出されていて、岸の崩落は永遠に続きそうな気もする。「岸」という語が、「彼岸」を思わせるからだろう。不思議な魅力がある。芭蕉は土芳の作風を「あだなる風」と評した。気負いのない、ありのままの作風ということで、この句の「ほろほろと」はまさに素朴な味わいだ。現代俳人の澤好摩の「うららかや崖をこぼるる崖自身」（『光源』平成二十五年刊）は、この句へのオマージュか。（『猿蓑』）季語＝陽炎（春）

24日

きさらぎや二十四日の月の梅　荷兮

延喜三年二月二十五日、菅原道真は配流先の太宰府で病死した。道真を偲ぶ祭事として、京都の北野天満宮で行われる「菜種御供」は有名だが、この句は尾張の桜天満宮の梅を詠んだと思われる。「梅」は、道真を慕って都から太宰府まで飛んでいったという飛梅伝説に因む。あえて二十五日の当日ではなく、前日の「二十四日」の夜を詠んだところに注目したい。本来は何の意味も持たない日付を「きさらぎや二十四日の」とたっぷりと音数を使って述べたことで、前夜の「梅」にも、特別の趣が漂っていることを訴えている。「文月や六日も常の夜には似ず　芭蕉」（『おくのほそ道』）と、狙いどころは共通している。（『あら野』）季語＝梅（春）

25日

山鳥の樵夫《きこり》を化かす雪間かな　支考

雪解けの山中に分け入った樵夫が、山鳥を見つけてしめたとばかりに追いかけるのだが、巧みに逃げ回るので、まるで化かされているようだ、という句意。「山鳥」はキジ科の山鶏のこと。『和漢三才図会』は「山鶏」について、狡猾ゆえに捕えるのには一日がかりになるから、猟銃を使う必要があると説いている。支考の句においては、猟夫ならぬ樵夫が、山鶏を素手で捕えようという無謀な試みをしたのを、「化かされた」と皮肉っている。おまけに地面にはまだ雪が残っているのであるから、思うまま動くこともできない。その点、山鶏には羽があるから有利なのである。民話風のほのぼのとした風趣の句。（『其便』）季語＝雪間（春）

26日

ほのぐと炭もにほふや春炬燵　智月

立春を過ぎても、なかなか暦通りに気温が上がらない。そんなときにありがたいのが「春炬燵」だ。蒲団の中から滲み出るほのかな炭の良い香りを楽しんでいる。炬燵に当たっている場面を詠むのが常套的な切り口であるが、体感ではなく嗅覚から「春炬燵」の温かさを捉えている点に、新味がある。まだ余寒の厳しい頃ではあるのだろうが、やはり全体の柔らかな調べからは、春らしい寛いだ気分が感じ取れる。「ほのぐと」の一語は絶妙で、冬を越した安堵のために暮らしのすみずみにまで「ほのぐ」とした情感が通っていることを思わせる。電気炬燵は、「にほふ」などという実感からは遠い。（『初蟬』）季語＝春炬燵（春）

27日

思ひ出し〳〵蕗の苦みかな　　路通

個性豊かな面々の揃う蕉門だが、路通は変人の部類に入る。仲間の茶入れを盗んだ疑惑をかけられたり、芭蕉が捨てた句を勝手に発表したりと、周囲にずいぶん迷惑を掛けた。芭蕉の勘気を蒙り、一時周囲から遠ざかったこともある。この句は芭蕉の死後百日目にあたる元禄八年正月二十三日、近江の義仲寺で開かれた追悼会で詠まれた。「蕗」は、蕗の薹のこと。かつての自分の愚行を思い出すにつれ、慚愧の念が募り、快いはずの蕗の薹の苦みも、耐えがたいほどに感じられる、という。蕗の薹の苦味と、心理的な苦渋とを、掛けている作りだ。愚かなことをしては、悔やむ。その繰り返しが人生だ。（『こがらし』）**季語＝蕗の薹（春）**

28日

長閑《のどか》さや寒の残りも三ヶ一　　利牛

「深川の会に」と前書。余寒を覚える日も三日に一度ほどになって、ようやく長閑さを満喫できるようになった、という句意。「三ヶ一」と、寒かった日とそうでもない日を、わざわざ数えているところに、指折り数えて暖気の募るのを待つ気持ちが表現されている。現代のわれわれが、「三寒四温」といって、少しずつ春めいてくるのを日数で数えるのと、思いは共通しているだろう。「このところようやく長閑になってきたな」「本当に、冷えるのも三日に一日くらいになったよなあ」などという日常の会話が、そのまま十七音になったような素朴さは、蕉門によってはじめて実現された句境だった。（『炭俵』）**季語＝長閑・寒の残り（春）**

三月

1日

綿とりてねびまさりけり雛の皃《かお》　其角

「ねびまさる」とは、大人びる、ということ。箱の中のお雛様の綿を取ってみると、去年よりもなんだか大人びて見えた、というのだ。雛人形に、人間の女性らしいふくよかさを見て、感じ入ったのであろう。人の似姿である人形が発達し、ロボットとして身近になった現代からみると、ちょっと怖いようにも思える。人形が人間に近づいてくると、嫌悪感を覚える現象を「不気味の谷」というが、この句にも気味の悪さを覚えてしまう。なんだか、箱の中で、人形もまた少しずつ成長しているような……。このままロボットが高性能になっていくと、いつか「ねびまさる人形」が、実現するかもしれないのだ。(『其袋』)季語＝雛(春)

2日

振舞や下座になほる去年《こぞ》の雛　去来

「振舞」とは、立ち振る舞いのこと。去年の古雛は、下座にひきさがり、新しい雛には、上座を譲る。これが正しい身の処し方である、という寓意の句。作者の去来によれば、上五に苦労したらしい(『去来抄』)。「古ゐぼし」や「紙ぎぬや」とすれば、雛の古さの演出として、しつこくなる。季節の風物を置くと、寓意性が薄まってしまう。「あさましや」とか「口をしや」と心情をあらわにするのもつまらない。というわけで「振舞や」としたのだというと、芭蕉も、理屈っぽさは抑えられているとして、一応認めてくれた。音数が余ってしまったときには悩むが、余計な情報を足さない方が良いということだろう。(『猿蓑』)季語＝雛(春)

3日

老《おい》て我雛と遊ばん酒五升　北枝

老いてからはこのお雛さまを相手に遊ぼう。かたわらには白酒ならぬ、五升の酒もあるぞ、という句意。上五中七からは、なんとなく淋しい老人の姿が浮かぶが、下五の「酒五升」というのがまことに豪奢で、実はまったく衰えてなぞいないのではないか、と痛快に裏切られる。「雛と遊ばん」が、老人の手すさびの人形遊びであるというよりも、もっと生々しく、エロティックな行為に思えてくる。今後の高齢化社会において、老いの多様性を、俳句はどう掬い取っていくだろう。北枝の句に書かれた、妖しい魅力を持った老人の姿は、今なお刺激的で、新鮮だ。（『笈の若葉』）季語＝雛（春）

4日

白《しら》桃《もも》や雫もおちず水の色　桃隣《とうりん》

「白桃」は、桃の花のこと。桃の花には、紅色の強い「緋桃」もあるが、これは真っ白な「白桃」である。この句は、緋桃とは異なる白桃の特徴を捉えているとして、芭蕉が褒めたという（『葛の松原』）。清冽な白さの桃の花は、たとえるならば、水の色。いまにも雫を落としそうにも見える、というのだ。「雫もおちず」と否定形を使ったことで、かえって桃の花のみずみずしさが伝わる。古典においては「桃は、花の美しさが言われることは少な」かったのであり（倉田実「桃」、『古典文学植物誌』）、桃の花の美を一物仕立てで詠み切った句として貴重といえる。（『続猿蓑』）季語＝桃の花（春）

5日

出《で》替《がわり》や幼ごゝろにものあはれ　嵐雪

出替りは、奉公人が一季・半季を勤め上げて交代する日で、三月五日と九月十日と法定されていた。俳諧では春の季語。主家の子供の立場から、慣れ親しんだ奉公人が去ってしまうことを、惜しんでいるというのだ。奉公人の仕事には子守も含まれていたから、一年間、よく世話をしてもらったのだろう。「ものあはれ」の語には、中世的な諸行無常の思いが滲むが、それを子供の心で、しかも庶民生活の中で感じ取っているところが、この句の新しみである。支考は、「嵐雪が幼の一字にて人に数行の涙をゆづりける也」と、この句が〝泣かせる句〟であると評している（『葛の松原』）。（『猿蓑』）季語＝出替（春）

6日

紙屑や出がはり跡の物淋し　千《せん》那《な》

出替で去ってしまった奉公人の部屋には、紙屑が残されていて、何とも淋しいことだ、という句意。この淋しさは、現代人にも実感しやすいのではないだろうか。引っ越しのあと、雑誌や空き缶など、生活感を匂わせるものが落ちていたりすると、部屋の主がいた頃が思い出されて、胸が締めつけられる経験は、誰もが持っているはずだ。「物淋し」の述懐が直情的ともいえるが、無風流な「紙屑」に情趣を与えるためには、これくらいはっきりと表す必要があるだろう。『俳諧雅楽集』には出替という季語の本意について「心の中にて名残惜しむ心」とあり、まさにこの句の心そのものである。（『韻塞』）季語＝出替（春）

7日

傾城《けいせい》の畠見たがるすみれかな　涼菟《りゅうと》

廓を出ることのかなわない遊女が、たまたま道端の菫を見つけて、春の田園風景に思いを馳せている、という句意。「春の野にすみれ摘みにと来しわれそ野をなつかしみ一夜寝にける山部赤人」（『万葉集』）に詠われているとおり、菫咲く春の野は、心をひかれるもの。そこに出かけていくことのできない遊女の哀れが、一句の主題だ。「すみれ」の可憐さは、そのまま、「傾城」の形容でもある。其角も遊女をよく句材にしたが、あくまで男の立場で詠んでいる。涼菟の句には、女の立場から、その人生や内面に踏み込んだ把握が認められる。（『皮籠摺』）

季語＝菫（春）

8日

日の影やごもくの上の親すゞめ　洒堂

「ごもく」は上方の方言で、ごみのこと。特に水に浮く塵芥をいう。日ざしの中で、子雀のために、塵芥をしきりにせせっている親雀がいる、という句意。不玉宛去来書簡に、「軽み」の句の例として挙げられ、この句を「只事」であり俳句になっていないと笑った人々に対する、芭蕉の反論の言葉を伝えている。曰く「一三子ノ此句ヲ笑フハ、イマダ此場ヲ踏マザル也」。芭蕉がこの句を高く評価しているのは、何でもない日常の中に見つけた趣ある風景を、気取らない言葉で詠んでいるからだ。「ごもく」の方言といい、「の」の助詞を訥々と重ねた句の作りといい、素朴な味わいで、すっと心に入ってくる。（『猿蓑』）季語＝親すずめ（春）

9日

松《まつ》風《かぜ》の空や雲雀の舞わかれ　丈草

松風の吹きすさぶ空で、いままさに雲雀がぱっとわかれて飛んでいった、というのだ。前書によれば、北陸の旅へ向かう同門の支考への送別として詠まれたものだという。二羽の雲雀には支考と丈草が重ねられているわけだが、それを知らなくても、じゅうぶん一句として味わうに足る風格を備えている。飯田龍太の「春の鳶寄りわかれては高みつつ」（『百戸の谿』昭和二十九年刊）と句合わせをしたら、なかなかの良い勝負になりそうだ。龍太の句は、上昇する鳶の飛翔の描写に徹した力強さがある。丈草の句は、雲雀を中心にして大らかに景を捉えた清々しさが売りだ。さてどちらに軍配を挙げたものか。（『そこの花』）季語＝雲雀（春）

10日

里人の臍落としたる田螺かな　嵐《らん》推《すい》

比喩はどうしても陳腐になりがちだが、この句の喩えはユニークで面白い。田んぼの泥を這っている田螺は、村人の臍が転がり落ちたものだ、というのだ。いわゆる「でべそ」なのだろう。たんに、臍と田螺の形の類似性を浮き彫りにしたというだけが、この句の手柄ではない。春を迎えた農村の、うっかり臍も落としてしまいそうなほどに寛いだ雰囲気が感じられる。そこにこそ、注目したい。「春雨の柳は全体連歌なり。田螺取る烏は全く俳諧なり」とは、『三冊子』にみられる芭蕉の言葉。おおよそ詩にはなりそうもない素朴な「田螺」を取り上げたところに、俳諧の意義がある。（『猿蓑』）季語＝田螺（春）

11日

梅ちるや糸の光の日の匂ひ　上芳

「窓のうちをみこみて」と前書。梅が散る頃、ふと窓から家の中を見てみると、日ざしがまるで糸のように細く入り込んでいた。「匂ひ」はここでは、視覚的な色合いということ。中原中也の「一つのメルヘン」に、「陽といっても、まるで硅石か何かのようで、／非常な個体の粉末のようで、／さればこそ、さらさらと／かすかな音を立ててもいるのでした。」という一節があるが、細い日差しを「糸」に喩えた「糸の光」の表現は、それに匹敵する鋭さだ。初案で上五が「梅が香や」だったのを推敲したのは正解だ。散る梅の花と、日の細い筋は、共にベクトルが地面に向かっていて、だからこそ映発する。（『炭俵』）季語＝梅散る（春）

12日

春雨や枕くづるゝ謡本　支考

謡本が崩れている。積み上げて、昼寝の枕にしていたのだ。畳の上に和紙作りの本が傾れているさまと、外に降る柔らかい春雨とは、一脈通い合うものがある。崩れているのが「謡本」であることが、一句に春らしい生彩を加えている。「春雨はをやみなくいつまでもふりつゞくやうにする」と『三冊子』は記しているが、この句の景にも、どこかアンニュイな趣がある。「なにがし主馬が武江の旅店をたづねける時」と前書がある。主馬は、膳所の能太夫・本間主馬。俳人でもあり、蕉門俳人と親交があった。江戸滞在中の旅店を訪ねていったとき、たまたま主馬が昼寝中で、実際にこんな景を見たのだろう。（『猿蓑』）季語＝春雨（春）

13日

春めくや人さまぐ〵の伊勢参り　荷兮

前書によれば、熱田の松並木の街道を通ったときの所感。江戸時代、御師による伊勢講（参拝のための貯蓄制度）の確立で、「伊勢参り」は全国的に広がりを見せた。『東海道中膝栗毛』の弥次さん喜多さんの目的も伊勢参りだ。「伊勢に行きたい、伊勢路が見たい、せめて一生に一度でも」と伊勢音頭に謡われるように、庶民にとっては夢のような体験だった。荷兮の句からも、街道に賑わう人々の晴れがましい表情が見えてくる。性別・年齢もさまざまで、聞こえてくる方言も多種多様、しかし一様にみな、誇らしい表情をしている。（『春の日』）季語＝春めく（春）

14日

猫の恋初手から鳴《なき》て哀《あわれ》也　野坡

なるほど、恋猫の鳴き声は、しょっぱなからフル・スロットルだ。あからさまな動物的欲望の発露を「哀れ」と見ているのだが、羨ましさも混じっているのではないか。二月十四日に取り上げた「うらやましおもひ切時猫の恋　越人」と同様、定家作と伝えられる「羨まし声も惜しまずのら猫の心のままに妻恋ふるかな」（『北条五代記』）を心に置いた作。芭蕉は『閉関之説』で「色は君子の悪《にく》む所にして、仏も五戒のはじめに置り」と言いつつ、「……といへども、さすがに捨てがたき情のあやにくに、哀れなるかたがたも多かるべし」と、色欲は詩の源泉にもなることを指摘している。（『炭俵』）季語＝猫の恋（春）

15日

鶯の巣の樟《くす》の枯枝《かれえ》に日は入《いり》ぬ　凡兆

鶯が巣を作る楠の古木の梢に、今まさに日が沈もうとしている、という句意。前書によれば、越中から飛驒へ抜ける山道での嘱目吟だという。楠は常緑樹のため、「枯枝」というのは、立ち枯れしているのだと思われる。「に」の助詞で、鶯の巣の掛けられた枯枝と、沈もうとする太陽という、遠く離れたものを一気に結び付けた。強引だが、それがゆえに余勢ある句になっている。人間の介入を拒むような自然の厳しさに心打たれる。(『猿蓑』) 季語＝鶯の巣(春)

16日

蔵並ぶ裏は燕のかよひ道　凡兆

蔵町の情景だろう。立ち並んだ蔵の裏を、しきりに燕が行き来している。巣作りに勤しんでいるのか、子燕への餌やりに励んでいるのか。表通りは賑やかだが、裏は人も通らず、燕を脅かすものもない。蔵の白壁と燕の黒い体、そしてどっしり構えた蔵の重量感と燕の飛翔の軽やかさとの対比が鮮烈だ。とはいえ、対比の構図が潜んでいることには気づかないほど、ごく自然なスナップショットになっている。「かよひ道」という擬人化も自然で、嫌味がない。技巧を消すのが最上の技巧であるという、芸道の至言がまさにあてはまる一句である。(『猿蓑』) 季語＝燕(春)

17日

行水や何にとゞまる海苔の味　其角

鴨長明『方丈記』の出だしの一節「ゆく河の流れは絶えずして、しかももとの水にあらず」を踏まえる。小林智昭氏は、日本文学に表れる無常観は「一つのれっきとした世界観という には余りにも情緒的であり、詠歎的な傾向が強い」と指摘し、あえて仏教思想と区別して「無常感」と表記する（『無常感の文学』）。其角の句は情緒的な「無常感」をかるがると乗り越えている。この妙なる海苔の味は、流れゆく川の水の何がとどまって生まれたのだろうと、生活を楽しむ心に満ちているからだ。「何にとゞまる」と言いたいほど、何もまざりもののなさそうな清流で採れた川海苔、さぞかし香り高いのだろう。（『其袋』）季語＝海苔（春）

18日

笄《こうがい》もくしも昔やちり椿　羽紅

「笄」は、髪をまきつけたり、髷に挿したりする細長い装飾具。「くし」も、髪をとかすのに使うが、装飾具にもなる。ともに豊かな髪に映えるものであって、「〜も昔」と言っているのは、その髪が失われてしまった、つまり、剃髪して尼になったことを暗示している。『猿蓑』の前書によれば、実際に作者が出家する際の感慨を詠んだもの。椿は花のかたちをとどめたままに落ちて、花びらを散らさない。『俳諧雅楽集』にも、「椿」の本意は「落ても行儀を崩さぬ事をも賞する也」と書かれている。だとすれば、「ちり椿」には、喪失感ばかりではなく、ナルシシズムもうかがえよう。（『猿蓑』）季語＝椿（春）

19日

山つゝじ海に見よとや夕日影　智月

山つつじが、はるかな海に向かって、夕日に照らされた自分を見てくれと言わんばかりに咲いている、というのだ。もともと濃紅色の山つつじが、夕日に照らされて、燃え上がらんばかりの色になっている。「山」と「海」、そして「夕日」を一句に詠みこんだ、堂に入った叙景句である。和歌では、「思ひ出づる常磐の山の岩つつじいはねばこそあれ恋しきものを 不知読人」(『古今和歌集』)と、山のつつじは恋と絡めて詠まれたが、ここにはつつじが海に恋しているような、原始的でおおらかな世界観が展開している。(『猿蓑』)季語＝つつじ(春)

20日

肌のよき石に眠らん花の山　路通

肌ざわりの良い石の上に眠ろう、この桜咲き乱れる山で私のしたいことといえば、そればかりである、という句意。人々が花見に浮かれ騒いでいる中、石に横になり、自然と一体になることで桜を楽しもうということで、世間から外れた自分を演出している。乞食路通とも呼ばれた風狂の徒にふさわしい句。ただ世間に反発しているのではなく、反発した上で自分の生き方や居るべき場所をきちんと見出しているのだ。「花」の季語の効果で、桜の花びらのようになめらかでやわらかい石の質感が伝わってくる。すべすべの石の上で眠っている顔は、まるで犬小屋の上のスヌーピーのように安らかにちがいない。(『いつを昔』)季語＝花(春)

21日

人が人を恋ふるこころや花に鳥　其角

上野の花見での一句。「花に鳥」と並べられると、人の恋模様につきものの生臭さが、すっと退くようだ。花見をしながら笑い合い、戯れ合う人々の、なんの打算もない明るさがまぶしい。現代の俳人による「蟇は蟇人は人恋ふ夜なりけり　小澤實」(『瞬間』平成十七年刊)や「人が人を愛したりして青菜に虫　池田澄子」(『たましいの話』同年刊)といった句は、其角の句と同想だが、批評性がある。人の恋愛もつまるところはひきがえるや青虫と変わることはないが、彼らほどの純粋さを人は持ちえていない、という思いが潜んでいる。なかなか其角のように手放しに「恋」のめでたさを詠えない時代である。(『己が光』)　季語＝花(春)

22日

花《はな》守《もり》や白きかしらを突あはせ　去来

花守とは、桜の番人のこと。桜のもとで、老いた花守の夫婦が顔を突き合わせて、なにかをひそひそと話している、という句意。『去来抄』は「さび色よくあらはれ、悦び候」という芭蕉の評を伝える。去来によれば「さび」とは、句の情景の中に滲み出てくるもの。閑寂や枯淡の境地が、情景を通して感じられてくるのが、「さび」の句だということだろう。この句では、花見の喧騒をよそに、老人の白髪や、彼らのひそやかな会話を取り上げたところに、「さび」が認められる。とはいえ、翁と媼の仲睦まじげな様子からは、めでたさや華やぎも感じられ、一句の味わいはそう単純なものとはいえない。(『炭俵』)　季語＝花守(春)

23日

花にうづもれて夢より直《す》ぐに死なんかな　越人

漂泊の歌人西行は、蕉門俳人に大きな影響を与えた。西行の和歌を意識した句も多いが、中でも「願はくは花の下にて春死なむそのきさらぎの望月のころ」(『山家集』)を踏まえた掲句は、異色といっていい。桜の花びらに埋もれて、夢を見たまま死のうという、耽美的ともいえる一句。上五の大幅な字余りもあいまって、陶酔感が強く出ている。ジョン・エヴァレット・ミレーの「オフィーリア」を彷彿とさせるような死に方で、悲惨というよりも艶美な印象が先に立っている。エロスとタナトスは表裏一体というが、死への欲望の強さが、かえって桜の生命感を伝えているようだ。(『春の日』) 季語＝花 (春)

24日

歌書よりも軍書にかなし吉野山　支考

支考の代表句として人口に膾炙した句である。季語は詠みこまれていないが、「吉野山」から「桜」を連想できる。吉野山に庵を結んだ西行の数々の名歌により、桜の名所としての吉野山のイメージが決定したが、むしろ軍記物の『太平記』に書かれた、南北朝動乱期の舞台である吉野山のイメージの方が哀れ深いとしている。世俗になじまない俳諧師としての立場から、蕉門では、歴史の敗者に寄せる思いが強い。この句の根底にも、楠木正成や新田義貞といった非業の死を遂げた南朝側の武将たちへの深い共感があり、そこに自分たちの生きざまを重ねている。「かなし」の情は、人ごとではないのだ。(『俳諧古今抄』) 季語＝なし (桜) (春)

25日

足《あし》駄《だ》履く僧も見えけり花の雨　杜《と》国《こく》

杜国は尾張の裕福な米穀商であったが、空米売買の罪で追放され、三河の伊良古に隠棲した。芭蕉はそんな杜国を気づかい、彼を訪ねて吉野の花見に誘う。『笈の小文』には「吉野にて桜見せうぞ檜の木笠」の芭蕉の句に唱和した「よしのにておれも見せうぞひの木がさ」の万菊丸（杜国）の句も見られ、師弟の絆の強さが分かる。この句は立ち寄った奈良の長谷寺で詠まれた。「足駄」とは、雨に履く高下駄。ただの雨ではなく「花の雨」であることで、寺を僧たちが行き来するごく当たり前の景も、風情あるものと映るのだ。（『笈の小文』）季語＝花の雨（春）

26日

鼠共春の夜あれそ花靫《うつぼ》　半残

「浪人のやどにて」の前書から、かつては仕官していたのに、落ちぶれて浪人の身となってしまった人物が想像される。「靫」は矢を入れる筒状の武具。花入れの代わりに使っているというのだから、今は風雅を楽しむ身の上なのだろう。桜を生けたせっかくの靫を倒したりしないでくれよと、鼠に呼びかけているのは、風雅に生きる者同士、浪人に強いシンパシーを寄せているからだ。芭蕉は半残宛の書簡で、「花靫」の句と「みゝづくは眠る処をさゝれけり」をあげて、「伊賀の手柄大分に御座候」と誉めている。芭蕉は半残たち伊賀の作者の、素朴で衒いのない作風を「あだなる風」と評して、歓迎した。（『猿蓑』）季語＝春の夜（春）

27日

花に風かろくきてふけ酒の泡　嵐雪

熱燗を注ぐと、器のふちに酒の泡ができる。桜を吹き渡ってくる風に、その泡を吹いて消してくれ、と呼びかけている。酒呑みとしての相当な経験を積まなければ、些末な「酒の泡」への着眼には至るまい。酒好きが高じて「泡」まで愛おしんでいる様子だ。二世市川団十郎の日記『老の楽』は、其角・嵐雪・破笠の三人が日本橋で一緒に暮らしていた若き時代の、彼らの放埒な暮らしぶりに触れて、俳諧の席では芭蕉と同席するが、それ以外では気づまりで逃げていた、と伝えている。ストイックな芭蕉とは性格が合わなかったのだろうが、それでも弟子として長年慕っていたというのが興味深い。（『いつを昔』）季語＝花（春）

28日

百石の小村を埋むさくらかな　許六

百石ほどしか米の収穫のない小さな村が、満開の桜に埋め尽くされている、という句意。「百石の小村」とはいえ、一つの村をまるまる埋めてしまうほどの桜の量感、生命感を押し出したのが眼目だ。桜は、和歌や連歌では主に散るときの儚い美しさが詠まれてきたが、俳諧においては、「派手風流にうき世めきたる心　花麗全盛と見るべし」（『俳諧雅楽集』）と、満開の桜の華やかさにも目が向けられた。この句は、桜の新しい表情を発見したものだったのだ。「百石」から連想される米つぶの白さと、さくらの白さとがよく照り映えている。豊年を予兆させるような、めでたい雰囲気に溢れている。（『東華集』）季語＝桜（春）

29日

欄《らん》干《かん》に夜ちる花の立すがた　羽紅

「源氏の絵を見て」と前書。『源氏物語』の世界に入り込んだ、虚構の句である。たとえば「花宴」の巻で、酔いを帯びた源氏が殿中をさまよっていて、朧月夜と出会う場面が思い浮かべられる。春の夜、高欄に花の降りかかる中、殿中を渡っていく若君の姿の、言い知れぬゆかしさ、艶めかしさを詠んだ。「ちる花」と「花の立ちすがた」が言い掛けられており、全体的に和歌に近い印象の句である。「欄干」の場面設定が見事だ。「欄干」とは、内と外を隔てるものであり、桜の幻想性もあいまって、この世とあの世の境目に立っているような妖しい雰囲気を醸し出している。（『猿蓑』）**季語＝散る花**（春）

30日

焼けにけりされども花はちりすまし　北枝

「ちりすまし」とは「散り済まし」。すっかり何もかも焼けてしまった、しかし、桜の花が散ったあとだったのは幸いであった、という句意である。散る桜のはかない美しさを愛でるのが桜の伝統的な詠み方だったのだ。しかし、この句では、家を焼いてしまったことよりも、散る花の美しさを味わえたことの方が優先されているように聞こえる。ほとんど狂気に近い花の愛で方といえよう。その風狂ぶりが芭蕉の心にも響いたようで、火事見舞いの手紙で、この句を絶賛している。「焼けにけり」という出だしの唐突さ、「されども」の主観の強調――異色の文体で、人生の悲惨を俳諧化した。（『猿蓑』）**季語＝花散る**（春）

31日

はなちるや伽藍《がらん》の枢《くるる》おとし行　凡兆

「伽藍」は寺の建物。「枢」は、戸締りの際、戸の桟から敷居に落とし込む差し木。夕方、寺の番僧によって枢の落とされる音がごとんと響く。そのあとには、ただはらはらと花が散るばかり。寺・散る花・音といえば、「山里の春の夕暮来て見れば入相の鐘に花ぞ散りける　能因法師」（『新古今和歌集』）が、まっさきに思い浮かぶ。凡兆の句は、鐘の音ならぬ枢を落とす音を取り上げたところに、意義がある。何の風情もなさそうな戸締りの枢の音を聞きとめ、風趣ある落花の景に取りこんだ手柄は大きい。「伽藍」の荘重な響きも見逃せない。ただの堂ではなく「伽藍」の枢であるから、落花と釣り合うのだ。（『猿蓑』）**季語＝花散る（春）**

四月

1日

大原や蝶の出て舞ふ朧月　丈草

ここでの「大原」は、三千院・寂光院があり、隠棲の地としてのイメージが強かった山城国愛宕郡（現在の左京区）の大原を指す。古典和歌では、大原は炭窯の煙とセットで詠まれることが多かった（片桐洋一『歌枕歌ことば辞典』）。しかし、ここではあでやかな蝶を配したのが斬新である。朧夜に舞う蝶に面影が重なるのは、清盛の娘として生まれて平氏滅亡後は寂光院に隠棲した平徳子（建礼門院）。夜に出るのだからこの「蝶」は蛾ではないか、という指摘もあるが、詩歌の〝虚〟というものが分かっていない意見だ。蝶は、夜も飛ぶ。しかもこの蝶、人ほどに大きな蝶である。（『炭俵』）季語＝蝶・朧月（春）

2日

ねこの子のくんづほぐれつ胡蝶哉　其角

二匹の猫の子が庭先でじゃれあっている。そのまわりを、蝶がひらひらと飛び回っている、というのだ。猫の戯れ程度のものを、大仰に「くんづほぐれつ」と表したのが面白い。猫が蝶をつかまえようとしている、と取らない方が良い。それだと、ただ猫の生態を説明しただけになってしまう。蝶という季語は、古俳諧においては、荘子の「胡蝶の夢」と絡めて詠まれる傾向があるが、この句はそうした常套的な詠み口を排して、現実的な蝶の姿が切り取られている。猫の喧嘩と蝶のたゆたいとは、対照的ながら、ともに春らしい小動物の躍動であり、二つを並べたことで濃厚な春の息吹を感じさせる。（『炭俵』）季語＝猫の子・胡蝶（春）

3日

水鳥の胸に分けゆく桜かな　浪《ろう》化《か》

すいすいと気持ちよさそうに泳ぐ水鳥。その胸元が、水に敷き詰められた桜の花びらを押し分けていくという句意。焦点が「水鳥の胸」にぐっと絞られていて、映像がぱっと浮かぶ。水辺には数多の桜の木々が立ち並び、そこからはらはらと花が散り続けているのだろう。水面には鳥が通ったあとがくっきりと見え、その濡れた胸には、桜の花びらが幾枚もはりついているに違いない。落花は詩歌の歴史上さまざまに詠まれてきたが、これほど純粋な自然観照に基づいた作は珍しい。浪化は東本願寺十四世琢如上人の子として生まれ、越中井波の瑞泉寺の第十一代住職。掲句は二十歳前後の初学の頃の作である。（『卯辰集』）季語＝桜（春）

4日

春雨やはなれ〴〵の金屏風　許六

春雨が降っていることと、金屏風が座敷の中で距離を取って置かれていることは、本来何の関係もない。しかし、このように結びつけると、春雨の降りつづく日々のもの淋しさを、ぽっかりと空いた一双の金屏風のはざまが、形象化しているように感じられる。はっきりと書かれているわけではないが、「はなれ〴〵の」というところから、すでにそこに置かれて久しい古屏風であることが偲ばれ、それもまた寂寥の情を深める。許六の得意とした取り合わせの手法が、見事に決まった一句。じっとこの句に向き合っていると、ありえないことではあるが、金屏風の空隙にも春雨が降っているように錯覚する。（『韻塞』）季語＝春雨（春）

5日

動くとも見えで畑打つ男かな　去来

ひろびろとした畑で耕しに勤しむ農夫。近くで見れば鍬を振るい、歩みを進めている。しかし遠くからみれば、風景の一点として、微動だにしていないように見える。遠望の景とすることで、あえて風景の動きを無いものとして、春耕の頃の長閑な季節感を十七音の上に再現した。「田打」「畑打」の本意である「豊なる春に逢ふたる心」（『俳諧雅楽集』）に適った句である。『あら野』では下五が「麓かな」となっていて、山から見下ろしている視点になっているが、『其袋』の句形の方がすぐれている。平地にいて眺めている方が、山々や青空といった農夫の背景まで含まれて、句の切り取る景は広やかになる。（『其袋』）季語＝畑打（春）

6日

馬の耳すぼめて寒し梨の花　支考

馬が寒そうに耳を窄めて通る夕暮れ、梨の花が咲いている、という句意。野良仕事から引き戻される馬の姿であろう、寒さと疲れで耳を窄めているというのが、ユーモラスでありながら、しみじみと哀れを誘う。「馬の耳すぼめて寒しとは我もいへり。梨の花と寄せらるる事妙也」（『去来抄』）と、去来が評しているとおり、「梨の花」の精妙な取り合わせには目を瞠る。「梨の花」の本意は「底寒き心」（『俳諧雅楽集』）。「底寒き」とは、春の寒さに加え、しろじろとした花の色から受ける心理的な寒々しさも表しているだろう。梅の花でも桜でもなく、「梨の花」の醒めた色こそが、哀れげな馬の姿に似つかわしい。（『葛の松原』）季語＝梨の花（春）

7日

奈良漬に親よぶ浦の汐干かな　越人

江戸時代の庶民に流行した潮干狩りは、男女の出会いの場所でもあった。歌舞伎の演目「与《よ》話情浮名横櫛《わなさけうきなのよこぐし》」の序幕で、与三郎とお富とが出会ったのは、木更津の浜での潮干狩りである。「汐干」の本意について『俳諧雅楽集』には「男女打群る丶姿　恋の情又有り」と書かれている。裾をからげ、足をむきだしにした艶めかしい女性たちの姿が、「汐干」の季語には潜んでいるのだ。越人の句では、艶めきとは程遠いのが目を引く。貝を掘りにきた親子の情景だ。そろそろ奈良漬の昼飯にしようと、子供が親を呼んでいる。ひろびろとした浜辺に、「おっ母《か》あー」の声が響き渡るというのが、長閑で微笑ましい。（『あら野』）季語＝汐干（春）

8日

灌《かん》仏《ぶつ》やつ丶じならぶる井戸の屋根　曲翠

旧暦の四月八日には、釈迦の誕生日として各地の寺で仏生会（灌仏会）が営まれる。花御堂を設え、その中に幼子の釈迦像を安置して、甘茶をかける。曲翠の句は、花御堂に飾るためのつつじの切り花が、とりあえず井戸の蓋に置かれているという情景。やがて運ばれていって、花御堂の屋根を彩るわけである。「堂の屋根」ではなく「井戸の屋根」を対象にしたのが、一句の眼目。境内の誰も目に留めないような井戸に着眼したのが新しい。祭事や催しの句は、ついメインとなるものに目がいきがちで、灌仏会の場合は、花御堂や誕生仏を詠もうとしてしまうだろうが、そこからあえて目を外すことも大事。（『続猿蓑』）季語＝灌仏会（春）

4月

9日

陽炎や塚《つか》より外に住むばかり　丈草

『浮世の北』には「翁の塚を拝して我が病身を思ふ」と前書がある。丈草が心から敬っていた「翁」、すなわち芭蕉が亡くなったのは元禄七年の冬、この句が詠まれたのは同九年の春のことだった。師の墓を訪ね、病身の自分も、間をおかず師の住む彼岸に向かうだろうという感慨を詠んだ。ただし、先師を追慕した句との背景を踏まえなくても、人はみな墓に入っていないだけで常に冥界の隣にいるという、ラテン語でいうところの「メメントモリ（死を思え）」を体現した句として読んでも、味わい深い。ゆらゆらと視界の揺れて見える陽炎の中だからこそ、死の世界が肌に触れるかのように実感できるのだ。（『初蟬』）**季語＝陽炎（春）**

10日

一昨《おととい》はあの山越えつ花盛り　去来

一昨日、あの山を越えたときにはまだそれほどでもなかったのに、いまふりあおいでみると、山はみな花に埋め尽くされていた、という句意。たった二日で満開となってしまう、桜の無常迅速の本質をつかみ取った。見るべきは、時間的把握と空間的把握とが、一致しているという点だ。〝一昨日〟から〝今〟に至る時間の変化を、〝あの山〟から〝ここ〟へという空間上の距離に置き換え、抽象を具象に転じている。さらに、ぱっと咲いてすぐに散ってしまう〝桜〟を介在させることで、時の移ろいをヴィヴィッドに実感させている。「越えつ」の言い回しの軽やかさもあって、古くから多くの人に愛誦されてきた。（『花摘』）**季語＝花盛り（春）**

11日

屠《と》所《しょ》遠く霞へだてゝ桜哉　乙州

屠所とは、獣類の屠殺場のこと。こうした社会の〝暗部〟をも詠むのが、俳諧であった。山の霞の向こう側には屠殺場があり、そして自分はここで桜を見ている、という句意。桜の淡い紅色が、ふいに獣たちの血の色に見えてくる不気味さがある。現代俳人の佐藤鬼房の「毛皮はぐ日中桜満開に」(『名もなき日夜』昭和二十六年刊)と、着想は共通している。「毛皮はぐ」のような生々しい言葉遣いはしていないぶん、乙州の句は寓意性に富む。はなやかな桜、そしてそれに浮かれる人がいる一方で、殺される獣たちがいて、殺す人がいる。まさに、世界の縮図といえるだろう。(『孤松』)季語=桜(春)

12日

滝壺もひしげと雉《きじ》のほろゝ哉　去来

「ほろろ」は、雉の鳴き声。滝の水もひしゃげよとばかりに、雉の鋭い鳴き声が聞こえている、という句意。雉の声はケンケンと鋭いが、物理的に水の形を変える力があるはずはない。そこを大袈裟に表現したのが俳諧なのである。荒唐無稽な発想にも思えるが、山中のリアルな雉の声を捉えたものと評価されるだろう。「春の野のしげき草葉の妻恋ひに飛び立つきじのほろろとぞ鳴く　平貞文」(『古今和歌集』)に見られるとおり、「雉」はその妻恋の声をよく詠まれてきた。去来の句は、伝統的本意に縛られることなく、雉の猛々しい野生に切り込んでいる。(『続猿蓑』)季語=雉(春)

13日

苗代《なわしろ》や仁王《におう》のやうなあしの跡　野坡

苗代は、田植えの苗を育てるための田。浅い水を張った泥の中に踏み込んだ農夫の足あとが、まるで仁王様の大きな足のようだ、という句意。踏んだところの泥が足の形に押し出され、実際以上の大きさに見えるのを、金剛力士像の足の大きさほどだと喩えた。仁王を思わせるほどに、逞しい農夫たちを連想させる。土俗的な信仰心も感じられ、おおらかな田園詩である。「苗代」の本意である「奇麗なる心」（『俳諧雅楽集』）に逆らって、いちめんにそよぐ若苗の美しさを背景に、農夫の逞しさを前面に押し出したのは、新しみといえるだろう。（『野坡吟草・前編』）季語＝苗代（春）

14日

傘《からかさ》にねぐらかさうやぬれ燕　其角

俺の傘に入ってきて、そこをねぐらとするがよいと、春雨に濡れた燕に呼びかけている。燕は人家の軒先に巣を作る習性があるが、それを軒先ならぬ傘とした捻りが効いている。小さな生き物への愛情に裏打ちされ、人の口にのぼりやすく、当時の端唄や歌舞伎の文句にも転用された。後代の小林一茶の作風に通じるような趣があるが、「かさうや」の鷹揚な調子は、やはり其角ならではのもの。一茶の作には、小動物と自分とを差異のないものと捉える共生の思想がうかがえるが、其角はあくまで自身が上位で、「貸してやる」という立場を崩していない。微妙な差異だが、そこに其角らしい磊落さが発揮されている。（『虚栗』）季語＝燕（春）

15日

いたいけに蝦《かわず》つくばふ浮《うき》葉《は》哉　仙《せん》化《か》

貞享三年春のある日、深川の芭蕉庵で句合わせの会が開かれた。その冒頭、芭蕉の「古池や蛙飛びこむ水の音」と、掲出した仙化の句が勝負している（勝敗は付けられていない）。後世、あまりにも「古池」の句が有名になってしまったが、仙化の句も素直な実感が書きとめられていて好もしい。手足が生えたばかりの幼い蛙が、その小さな手でもって、健気にも池の浮き葉にしがみついている、という句意。「手をついて歌申しあぐる蛙かな　山崎宗鑑」の有名句をパロディして、はいつくばっている蛙の姿を、かしこまって歌を申し上げているのではなく、必死に葉にしがみついているのだと見替えた面白さが眼目だ。（『蛙合』）季語＝蛙（春）

16日

山の井や墨《すみ》のたもとに汲む蛙　杉風

人里離れた山の泉で、墨染の衣の僧侶が汲み上げた水に、思いがけなく蛙が入っていた、という句意である。『蛙合』は仲間たちの合議で勝敗を決めていて、判詞も掲載されているのだが、この句については「幽玄にして哀ふかし」と誉めている。墨染の衣の裾を濡らすといえば、和歌では亡くなった人を偲んで涙で濡らすということだったが、世を捨てた貧僧が生活水を得るために濡らしているとして俳諧化した。汲んだ水の中には、一匹の蛙が頼りなく浮かんでいるというのだから、なおさら微笑を誘う。蛙に親しみを覚えるような孤独な暮らしなのだろうから、淋しい微笑ではあるが。（『蛙合』）季語＝蛙（春）

17日

こゝかしこ蛙鳴く江の星の数　其角

水辺のそこかしこで蛙が鳴き、空にはいくつもの星がかがやいている、という情景。まるで蛙の声に呼応して、空の星がまたたいているようだ。「星の数」というまとめが巧い。安易に星が多いとか光るなどといわないことで、余韻が生まれた。水の蛙から天の星へダイナミックに視点を転じたのは其角の独壇場だ。天上の星と地上の小動物を取り合わせた点で「高嶺星蚕飼の村は寝しづまり　水原秋櫻子」（『葛飾』昭和五年刊）と共通する構図を持ち、古俳諧とは思えないモダンな印象を与える。（『蛙合』）季語＝蛙（春）

18日

春風や麦の中行く水の音　木《もく》導《どう》

麗らかな春のひと日、畠の麦の若葉が吹かれ、その中から川のせせらぎが聞こえてくる、という句意。芭蕉は、守武の「小松生ひなでしこ咲るいはほ哉」や自分の「古池や蛙飛びこむ水の音」と並ぶ、普遍的名句であると絶賛したという。これらの三句に共通しているのは、いずれも情景がはっきり見えてくる「景気」の句であるということ。観念的な句の流行していた当時には、はっとさせる新しさがあったのだが、万代普遍の名句といえるかは怪しい。「春風」「麦」「水の音」のそれぞれの要素がどれも均等な重さで扱われていて、散漫な印象があるのだ。時代を超える名句の条件とは何か、考えさせられる。（『水の音』）季語＝春風（春）

19日

鶯や野は塀越しの風呂あがり　史《ふみ》邦《くに》

鶯が鳴いている野が、塀越しに広がっている。塀の内では、風呂あがりの裸のままで寛いでいる、というのだ。旅先の風呂上り、塀があるがゆえに誰の目も気にすることなくのびのびと四肢を解放したときの心地よさを思い出しさえすれば、この句は誰にとっても納得のいくものになるだろう。「野は塀越しの風呂あがり」は屈曲のある文体で、仮に「野を塀越しの風呂あがり」とすれば分かりやすくなるが、やはり「野は」と力強い口調を取ったことで、春の恩寵を全身に浴びる快感が伝わってくる。秋や冬は寒くて、こうはいかない。夏は日差しが強くて暑苦しい。あたたかな春にこそ、全裸の喜びはある。（『続猿蓑』）季語＝鶯（春）

20日

春の日や茶の木の中の小《こ》室《むろ》節《ぶし》　正《まさ》秀《ひで》

麗らかな春のある日、茶畑の中から小室節が聞こえてくる、という句意。小室節は、近世初期に流行した民謡の一種で、小諸地方で謡われた馬子唄が元になっているといわれる（小室は小諸の古い呼び名）。「小諸出てみりゃ浅間の山にけさも三筋の煙立つ」といかにものどかな歌詞で、「春の日」に似つかわしい。歌っているのは、茶畑のかたわらの街道をゆく旅人か。あるいは、旅人の歌うのを聞いて知らずに覚えた農夫たちが、仕事をしながら口ずさんでいるのか。後者と解した方が、鄙びた趣があって良い。「春」「日」「茶」「木」「中」といった短い名詞を、「の」の繰り返しでつないだ調べが軽快だ。（『続猿蓑』）季語＝春の日（春）

21日

鼻紙の間《あい》にしをるゝすみれかな　園女

夫とともに吉野へ旅行に行った際の句である。鼻紙の間に挟んで持ち帰ろうとした菫が、気づけば萎れてしまっていた、という句意。「鼻紙」を題材にしているところに俳諧らしさがあるが、全体の印象は優しく嫋やか。『俳諧百一集』（明和二年刊）の編者がこの句について「是式部が風情、真に菫なるべし」と評しているのは、『源氏物語』に登場する、紫にゆかりのある姫たちを連想して、女の哀れを読み取っているからだろう。とはいえ、園女の句の「すみれ」に、女の面影を重ねてしまうと、やや理屈っぽい印象になる。菫という小さな草花の命を愛おしみ、儚んだ句と受け取りたい。（『住吉物語』）季語＝菫（春）

22日

花散りて竹見る軒のやすさかな　洒堂

花が散ったあとには、緑の竹を軒端に眺める。花の時節の騒がしさとはうってかわって、なんという心やすさであろうか、という句意。「世の中にたえて桜のなかりせば春の心はのどけからまし　在原業平」（『古今和歌集』）の名歌を念頭に置き、桜の終わったあとの「竹」という具象物を示したことが手柄である。竹も季節によって「竹の秋」「竹の春」など変化はあるものの、桜ほどではない。揺るぎのない真緑の直線は、いかにも頼りがいがある。「軒の」という場所を示したことも、さりげないが巧みだ。「やすさ」は、家居のくつろぎの意味も兼ねていることが分かる。（『続猿蓑』）季語＝花散る（春）

4月

23日

散る花にたぶさはづかし奥の院　杜国

芭蕉の旅の供として、高野山の奥の院を尋ねた万菊丸（杜国）が詠んだ句。「たぶさ」とは、髪を頭の頂に集めた、いわゆる「もとどり」のこと。出家をしていないことを意味する。厳粛な雰囲気の奥の院に居て、しかも諸行無常を感じさせる落花の折にもかかわらず、自分だけ有髪の俗世の姿のままでいることが恥ずかしい、というのだ。「はづかし」はあくまでポーズであり、真の信仰心から出た言葉ではない。特筆するべきは、黒々とした「たぶさ」に、薄紅色の花の散りかかるイメージの美しさだ。「はづかし」の語とはうらはらに、むしろナルシシズムすら漂う一句といえる。（『笈の小文』）季語＝散る花（春）

24日

振りあぐる鍬の光や春の野ら　杉風

振り上げた鍬が、日ざしを受けて、ぴかりと光る。いかにものどかな、春の耕しの風景である。四月五日に紹介した「動くとも見えで畑打つ男かな　去来」と好対照の一句だ。対象が農夫であることは同じだが、去来の句は遠景として捉え、杉風の句は近景として捉えている。どちらも甲乙つけがたい。杉風の句は、近い視座で捉えたがゆえに、「光」を発見し得た功績がある。風景の全体に春の明るさが満ちていることを、一点の鍬の「光」をもって暗示しているのだ。「振りあぐる」の語勢も快く、農夫の全身にみなぎる活力が伝わる。（『小柑子』）

季語＝春の野ら（春）

25日

春雨やぬけ出たまゝの夜着の穴　丈草

春雨の降りつづく、ものうい日。ふと見れば、朝脱いだ夜着に、体が抜け出た穴があいているという句意。夜着を畳むこともしないで、脱いだまま放ってあるのだ。面倒くさくてパジャマをそのままにしておく経験は誰にでもあるはず。ものういとか、気怠いとか抽象的な言葉を使わないで「夜着の穴」という具象物に心情を託した。丈草は「懶窩」（ものぐさな穴）という別号を持ち、ぽっかり空いた穴を自分の心の空隙そのものと見ていたのだろう。「花曇田螺のあとや水の底」とこの句を並べて、師・芭蕉没後の淋しさが背景にあったことをうかがわせる同門の卓袋宛の書簡が残っている。（『笈日記』）季語＝春雨（春）

26日

巡礼と打まじり行く帰《き》雁《がん》哉　嵐雪

地を巡礼の列が進み、空には帰雁の列が見える。両者を「打まじり行く」と同時に詠み込んだ大胆さが、一句の身上である。雁は、冬にやってきて春に帰ることから、旅との連想で詠まれる傾向があり、「巡礼」を詠み合わせた嵐雪の句の発想も、そうした伝統から来ている。単純に対比しているというのではなく、「打まじり」には、両者がいっしょくたになっている語感がある。まるで巡礼の人々がしだいに雁に変化していくようでもあり、面白い効果を見せている。ひたむきな思いを内に抱えていると言う点では、「巡礼」も「雁」も変わることはないのだ。（『己が光』）季語＝帰雁（春）

4月

27日

菜の花の中に城あり郡山《こおりやま》　許六

郡山は奈良の郡山（現在の大和郡山市）。郡山城は、豊臣秀長によって規模を拡大し、城郭都市として栄えた。江戸時代には柳沢家の居城となっている。菜の花の黄色が野を埋め尽くす中に、勇壮な郡山城が聳えている情景である。「菜の花」の本意は「暖なる也　天気の体日中比の事よし」（『俳諧雅楽集』）で、明るく照らされた白亜の城壁の美しさが浮かぶ。取り合わせを得意とした許六らしく、菜の花と城とは好対照。「中に城あり」という朗々たる調べで、郡山城の見事さを強調しているところも隙がない。京や大阪のような歴史の中心地ではない「郡山」だからこその、清新な印象がある。（『正風彦根躰』）季語＝菜の花（春）

28日

松明にやま吹うすし夜のいろ　野水

夜の闇の中、松明に照らされた山吹は、鮮やかなはずの黄色が薄く色褪せて見える、という句意。「山吹」は水辺に咲き、和歌においては「映らふ」に「移らふ」を掛けて詠まれたり、「蛙」や「井出」とセットで詠まれたりと、詠み方が固定化していた（『歌枕歌ことば辞典』）。芭蕉がその固定化を嫌い、其角の示した「蛙飛びこむ水の音」に「山吹や」と付ける案を退けて、「古池や」と置いたエピソードは、よく知られている。闇の中の山吹を詠んだ野水の句は、固定化に抗い、新機軸を打ち出したものといえるだろう。くっきりとした濃い黄色が、闇に沈んでしまっているが、それはそれで趣がある、というのだ。（『あら野』）季語＝山吹（春）

29日

鮎の子の心すさまじ滝の音　　土芳

「芳野西河の滝」と前書。冬の間に海で育ち、春になると川をさかのぼる鮎の子。吉野大滝の音を聞きながら、その激流を遡る鮎の子たちの心を推すると、なんとも凄まじい気持ちになってくる、という句意。「吉野の鮎」は、『日本書紀』にも歌が出てくるほどの名物。室町時代の歌人・正徹は、吉野山が実際にどこにあるのかなどは問題ではなく、文学的伝統に基づく吉野山を知っていることが肝要であると言った（『正徹物語』）。俳諧は、必ずしも文学的伝統に拠って対象を把握するものではないが、土芳の句は、「吉野の鮎」の伝統を踏まえたことで、おおらかな時空間を獲得した。（『続猿蓑』）季語＝鮎の子（春）

30日

永き日や太鼓の裏の虻の音　　浪化

「古寺春興」と前書。日永を実感させる春の夕べ、寺の本堂に置かれた太鼓の陰でかすかに虻の羽音がしている、という句意。越中の光教寺を訪れたときの句だという。「太鼓」は題目を上げるときに使う団扇太鼓で、僧である浪化には、なじみの句材であった。虻の羽音を聞き留めた感覚の鋭さは、浪化の詩人としての高い資質を物語っている。どこかくぐもったかすかな「虻の音」を捉えることで、かえってあたりの深い静かさが伝わる。使われていない「太鼓」の周囲は、嘘のように静まり返っている。その静けさに「永き日」の本質を見定めた。（『浪化上人発句集』）季語＝永き日（春）

五月

1日

清《きよ》水《みず》の上から出たり春の月　許六

清水寺の上から、ひょっこりと春の朧月が顔を出した、というのである。許六は絵師でもあり、この句のはっきりした構図は、一幅の絵にしても映えるだろう。清水寺は言わずと知れた京の東、音羽山の中腹にある寺院。険しい崖に建てられた懸造りの「清水の舞台」は夙に知られている。下から見ると宙に浮いているような本堂、その上にふわっとした「春の月」が浮かび上がるという、全体的に快い浮遊感のある句。他の季節ではしっくりこず、やはり朧めく「春の月」だからこその趣がある。「上から出たり」という語に潜む飄逸さも味わいになっている。（『正風彦根躰』）季語＝春の月（春）

2日

山畑の茶つみぞかざす夕日かな　重《じゅう》五《ご》

今日は八十八夜。立春から八十八日目にあたり、茶摘みの最盛期にあたる。重五の句は、山の畑で働く茶摘女が、ふと顔をあげたところ、夕日のまぶしさに思わず手をかざした、という場面。働き続けて、はやくも夕暮になってしまったことへの茶摘女の驚きが伝わってくる。「山畑」ということで、遮るものなくぎらぎらと照りつけてくる「夕日」の強さが実感できる。その強さに、夏が近づいてきた季節感が捉えられているのだ。夕日に手をかざしている茶摘女の姿は、素朴ながらも優美。茶を摘んでいた手が、夕日にかざす手に変わるという、動的な把握が、映像の魅力を高めている。（『春の日』）季語＝茶摘（春）

5月

3日

行春もこころへがほの野寺かな　　野水

『あら野』には、『白氏文集』の詩句と、それを題にして慈円と定家が詠んだ和歌から着想した野水の句群「詩題十六句」が載っている。漢詩を俳句でパロディするという興味深い試みだ。野水の句は、行く春のうら寂しい情趣をよくわかっているかのごとく、さびれた野寺はしんと静まり返っている、という句意。『白氏文集』の「留春《はるをとどめて》春不留《はるとどまらず》　春帰人寂寞《はるかえってひとせきばくたり》」が前書として掲げられている。白楽天の「人寂寞」を、野水は誰も参拝客のいない「野寺」の場面と定めたわけだ。行く春の寂しさなら任せておけとばかりに、野寺が誇らしげにしているというのが、情緒を軽やかに吹き飛ばして痛快だ。（『あら野』）季語＝行春（春）

4日

あやめさす軒さへよそのついで哉　　荷兮

「あやめさす」は、端午の節句の前日に、家の軒にあやめを挿しておくこと。あやめには邪気を払う力があるとされた。世間では端午の節句にあやめを挿すのであるが、不埒者の自分は、よそさまからもらったあやめを挿してまねごとをするばかりだ、という句意。世外の徒であるみずからを嘲った句であるが、自嘲の意のみを読み取るのでは、じゅうぶんではないだろう。「ついで」にさっと挿すあやめの風情も悪くないと、世間とは違う態度ながらも端午を祝う気持ちが潜んでいるのだ。挿し方も雑で、本数も少ないはずなのだが、そんないい加減なやり方こそ野趣があって良いのだと言わんばかりだ。（『あら野』）季語＝あやめさす（夏）

5日

文もなく口上もなし粽五把《ごわ》　嵐雪

友から五把の粽が届けられたが、何の添え状もなく、使いの者も口上を述べない、という句意。失敬な奴だ、と不満を託っているわけではなく、むしろ何らの礼も尽くしていないことを喜んでいる。互いに気を使わない、さっぱりした交際ぶりがうかがえ、それが端午の時期らしい清々しい季節感をも表しているのである。「粽五把」は、松永貞徳が隠棲中の木下長嘯子とやりとりした歌を踏まえている。貞徳も長嘯子も、当時の一流の文化人。そんな風雅なやりとりなど望むべくもない無教養な俳諧師にすぎないと卑下するとともに、自分たちの素朴な俳諧を誇る気持ちも、多分にあるのだ。（『炭俵』）季語＝粽（夏）

6日

卯の花に葦毛の馬の夜明けかな　許六

卯の花の咲く垣根の辺を、葦毛の馬に乗って旅立っていく。あたりは夜明けで白み始めている、という情景。「卯の花」は初夏を感じさせる花。その本意は「曙の気色を宗とする也垣雪の事はむかし今にかはることなし」（『俳諧雅楽集』）とあり、垣根に積もる雪に喩える発想は、和歌から俳諧まで変わることはないという。卯の花の雪のような白さと、葦毛の馬の青みがかった色とが、曙光の中で清潔感ある色彩を織りなす。去来は、この句の調べに感心し、芭蕉の「句調《くととの》はずんば、舌頭に千転せよ」という言葉を想起している。句の調べが整わないときは、何度も口に出して吟味しなさいという教えだ。（『炭俵』）季語＝卯の花（夏）

7日

越後屋に衣《きぬ》さく音や更衣《ころもがえ》　其角

越後屋は現在の日本橋三越百貨店の前身。江戸時代初期、三井高利は一反単位で売買されていた布を切り売りするようにして、町民層の需要を掘り起こした。更衣の時期、越後屋から聞こえる威勢よく布を裂く音が、夏の到来を実感させる。初袷にする布を求める、多くの客で賑わっているのだろう。伝統的な「更衣」の季語に、新風を送りこんだ一句。同門の許六は、こんなふうに目新しい材料を詠むことはもってのほかと非難している（『俳諧問答』「自得発明弁」）が、時代とともに変化する季節の迎え方に敏感でいたいものだ。現代でいえば、「クールビズ」で名句ができる可能性も、捨てきれないのだ。（『浮世の北』）季語＝更衣（夏）

8日

衣更みづから織らぬ罪深し　園女

前書によれば、四月一日の衣更えの日、当麻寺を訪ねて曼荼羅を拝んだときの句である。この曼荼羅は、出家して尼になった中将姫が蓮の茎から取った糸で、一夜にして織りあげたという伝説がある。それに引き換え、自分は信心もなく俳諧にのめりこむばかりで、初袷すらも自分で織ることはない、というのだ。「更衣」の本意とは「こゝろの軽くなりたる事」（『俳諧雅楽集』）にあるのだが、これとは正反対に、自分の罪深さに恥じ入っているというのが新しい切り口だ。「罪深し」とはいっても本気で悔恨しているわけではなく、むしろ家事のできないことを堂々と宣言しているようにも読めるのが面白い。（『其袋』）季語＝更衣（夏）

9日

つかみ合《あう》子《こ》共《ども》のたけや麦畠　　游《ゆう》刀《とう》

子供たちが取っ組み合いの喧嘩をしつつ、屈託なく遊んでいる。麦がなぎ倒されたり、子供がひっくりかえったりするのを眺めながら、作者はまるで小動物さながらの無垢な活動力をまぶしんでいるのだろう。『去来抄』には、「麦畠」の季語は「麻畠」でもかまわないだろうとする凡兆と、去来との間で論争となり、芭蕉が「ふるふらぬの論かしまし」（季語が動くとか動かないとかいう論はうるさいものだ）と制止した逸話がある。「麦」の逞しい生命力を欠かしては、「子共」のやんちゃぶりが伝わらないから、この句の季語は動かないといえる。（『猿蓑』）季語＝麦畠（夏）

10日

大勢の中へ一本かつをかな　　嵐雪

鰹の句といえば、初夏の景物を並びたてた「目には青葉山ほととぎす初がつを　山口素堂」が人口に膾炙しているが、この清々しい嵐雪の句も、名吟といってさしつかえないだろう。たくさんの人が集まっている中に、鰹が一本、でんと横たわっているというのだ。ひとまず一同に披露してから、捌こうというのだろう。江戸っ子がはしりの鰹を珍重したことは、よく知られているところ。何の集まりか定かではないが、「大勢」の人々の、感嘆の声と表情が、容易に想像される。「一本かつを」という歯切れのよいフレーズによって、清々しさが倍加した。（『玄峰集』）季語＝鰹（夏）

11日

里の子がつばくろ握る早苗かな　　丈考

いちめんに早苗がそよぐ田園風景の中、幼子がつばめを握りしめている、というのだ。「つばくろ握る」とは、巣から落ちた子つばめを、なぶって遊んでいるのだ。子供が残酷な遊びをするのは、古今東西変わることはない。カエルに爆竹を仕掛けたり、蟻の穴に熱湯を注いだりと、ぞっとするような行いを平気でしていた記憶を幼少期に持つ人は、少なくないだろう。子供のリアルを捉えた句として鑑賞したい。下五を「早苗かな」でまとめたことで、初夏の田園風景の点景として大らかに捉えている。早苗のように、子供もあっという間に成長する。その過程に、いかにもありそうな景を切り取った。（『続猿蓑』）季語＝早苗（夏）

12日

よごれ目のつかでよしとや黒牡丹　　露川

牡丹には赤いのや白いのや、さまざまあるが、黒牡丹がとりわけよい。なぜなら、汚れが目立たず、その高貴なるさまが損なわれないからだ、という句意。牡丹は「花の王」ともいわれ、その本意は「富貴なる心　寛闊なる姿」（『俳諧雅楽集』）にある。この句も本意に則ってはいるが、「富貴なる心　寛闊なる姿」は汚れでだいなしになってしまうから、汚れのつかない「黒牡丹」がよいのだと、表し方にひとひねりがある。牡丹を前にして、汚れがどうのこうのと俗っぽいことを気にしているのが可笑しい。画賛であるが、純粋な写実の句と見ても「黒」という色の本質を捉えていてすぐれている。（「黒牡丹画賛」）季語＝牡丹（夏）

13日

青梅を折る袖にほふ遊女かな　尚《しょう》白《はく》

まだ熟していない青梅の枝を折りとろうとしている遊女の袖が、青葉に照り映えている、という句意。「にほふ」とは「美しく照り輝く」という意味で、発想の根底に「春の園紅にほふ桃の花下照る道に出で立つ少女　大伴家持」（『万葉集』）があることは、想像に難くない。梅の花ならば持ち帰って部屋の彩りにもなるだろうが、「青梅」などを折り取って、どうしようというのだろう。役にもたたない「青梅」を愛でているところに、この「遊女」の独特の美意識がみとめられる。蕪村の「青梅に眉あつめたる美人かな」といい、室生犀星の「青梅の臀うつくしくそろひけり」といい、青梅には佳人がよく似合う。（『孤松』）**季語＝青梅（夏）**

14日

竹の子や児《ちご》の歯ぐきのうつくしき　嵐雪

夢中になって筍を貪っている、その子供の歯がいかにも健やかで美しい、というのだ。写実的な句と見ても良いが、『源氏物語』「横笛巻」のあるシーンを踏まえた句とされる。幼い薫が朱雀院から贈られた筍にむしゃぶりつく場面で、「御歯の生ひ出づるに食ひ当てむとて、筍をつと握り持ちて、雫もよよと食ひ濡らしたまへば」と描写されている。嵐雪の句は、歯ではなく「歯ぐき」に焦点を当てているのに注目したい。つやつやとしたピンク色の歯茎が、白い筍の肉に食い込んでいる眺めは、実に印象的。薫とは比べようもない下賤の身分の子供とはいえ、「うつくしき」と思わず嘆じてしまうほどなのだ。（『炭俵』）**季語＝竹の子（夏）**

15日

竹の子の力を誰にたとふべき　凡兆

たちまちのうちに成長する竹の子の類なき生命力を、一体誰にたとえればよいだろうか、という句意。句そのものは漠然としているが、「豊国にて」という前書を念頭に置けば、印象はがらりと変わる。「豊国」は、京の東山にあった豊国廟。徳川の治世になってからは破壊され荒廃していた。またたく間に伸びる竹の子に、賤しい身分から天下人にまで成りあがった豊臣秀吉を重ねているのだ。うまい前書の使い方である。荒廃した墓所に竹の子が盛んに伸びているイメージは、生と死、隆盛と衰退は隣り合わせであるという真理を表している。

（『猿蓑』）季語＝竹の子（夏）

16日

卯の花をかざしに関《せき》の晴れ着かな　曾《そ》良《ら》

『袋草紙』は、竹田太夫国行という者が東北へ下向の際、能因法師が名歌を詠んだ白河の関を、普段着で通過することはできないと、装束を改めて向かったという故事を伝えている。『おくのほそ道』の旅で、芭蕉と曾良が白河の関を通過したときも、前の逗留地であった黒羽で、「小袖・羽織」（『曾良日記』）を借りている。曾良の句は、貧しい自分たちには装いもままならないが、せめて卯の花を頭に挿して晴れ着としよう、という意味。いよいよ〝奥〟に踏み入っていく心構えをしたかったのだろう。うたびとたちの伝統に連なりつつ、「卯の花」で軽くおどけてみせて、俳諧師の面目を保った。（『おくのほそ道』）季語＝卯の花（夏）

17日

麦藁の家してやらん雨蛙　智月

「孫を愛して」と前書。幼子が雨蛙をつかまえて遊んでいるのだ。さあ、もうすぐ雨が降ってきそうだから、雨蛙さんのために、麦わらの家をつくってあげましょうね、と呼びかけた句。童話的な、優しい世界観に惹かれる。〝孫俳句に名句なし〟とはしばしばいわれるが、数少ない例外の一つがこの句であろう。ただの孫俳句では『猿蓑』に載る価値はない。「麦藁の家」からは、背景に収穫時の麦畑が想像される。「雨蛙」には、梅雨どきの曇り空がうかがえる。初夏の農村の季節感が濃厚に凝縮されており、そこに古人の詠み残した詩情を探ったのだ。(『猿蓑』) 季語＝雨蛙(夏)

18日

公《きん》達《だち》の手ならひの間や若楓　涼菟

ここがかつて貴族の子息が手習いに励んだといわれる座敷であり、外にはみずみずしい若楓がそよいでいる、という句意。若楓は、楓の若葉。健やかに育てられた貴《あて》なる子供に、若楓の品の良い薄緑色が、いかにも似つかわしい。楓は赤く色づく秋に愛でられるが、「卯月ばかりの若楓、すべて万の花・紅葉にもまさりてめでたきものなり」と『徒然草』で兼好法師が讃嘆しているように、紅葉にも劣らない清廉な美しさを「若楓」は持っている。手習いの最中に、ふと外を見て、清らかにかがやく若楓に目を休めたであろう、と空想も広がる。伊勢神宮の神官であった涼菟が、上京の機を得た際の句。(『浮世の北』) 季語＝若楓(夏)

5月

19日

時鳥《ほととぎす》啼《なく》や湖水のさゝ濁り　丈草

「さゝ濁り」の「さゝ」は接頭辞で「わずかな」の意味。句意は、時鳥の鳴き声が響くのは、ほのかに濁ったみずうみの上である、となる。この場合の「湖水」とは琵琶湖を指す。水が濁っているのは、梅雨どきの雨が続いているからだろう。「時鳥」の和歌における本意は「夜な夜な待ち明かして飽かぬ一声の名残を思ひ」（『和歌題林抄』）、すなわち声を待ち望んで一晩明かしてしまったというところにあるから、この句も早天の情景と解したい。一点の時鳥と大景の湖水、声（聴覚）と湖の眺め（視覚）、鋭敏なる声と茫洋たる湖水、といったように複層的な対比の構造が仕組まれている。悠揚迫らぬ名吟である。（『続猿蓑』）季語＝時鳥（夏）

20日

橘《たちばな》や定家机のありどころ　杉風

「定家机」とは、小型の脇息のような文机。歌人や文人が用いることから、そう名付けられた。軒端から、花橘の風雅な香りが漂ってくる部屋。その一隅には、まさに誂えたかのように、定家机が置かれている、というのだ。道具立てはいかにも和歌的で、「橘」と「定家机」は〝つきすぎ〟ともいえるだろう。しかし、「俳諧もさすがに和歌の一体也」（『去来抄』）というのが芭蕉の考え方であった。むやみに新しさばかりを追求するのが俳諧ではあるまい。「橘」と「定家机」の取り合わせで、屋敷の主が風流人であることを匂わせている。「ありどころ」の下五の巧さには舌を巻く。（『炭俵』）季語＝橘（夏）

21日

霊《れい》膳《ぜん》に新茶そゆるや一つまみ　浪化

「嵐青母身まかりけるに申遣す」と前書。嵐青は越中の俳人で、浪化の弟子。母を亡くした弟子のために贈った一句である。仏壇に供える「霊膳」は精進料理であり、一般には茶は入らないが、新茶が好きだった故人のために、ひとつまみの茶葉を添えた、というのだ。「新茶」の句として、新しみがある。第一に、淹れた茶ではなく、茶葉そのものを詠んでいること。第二に、生者ではなく死者のための新茶であるということ。死者には味はわからないが、馥郁たる新茶の茶葉の香りは届くかもしれない、と思わせるのだ。僧侶であり、死者とともに日常を送っていた浪化ならではの実感が投影されている。（『喪の名残』）季語＝新茶（夏）

22日

郭公《ほととぎす》なくや雲雀と十文字　去来

ほととぎすは空を横切って鳴き、雲雀は高く上がって鳴く。声の軌跡はちょうど十文字を描く、ということ。去来が発想の根拠として開陳しているのは、藤原定家の「大原や小塩の山の横がすみ立つは炭焼く煙なりけり」（実際は偽作）の歌。ここでは、横に流れる霞と縦にのぼる炭焼きの煙とが十文字に交差している。去来の句は、この発想をもとに、より〝虚〟に傾いた表現方法を採っている。本来は形のない声や方向というものを、「十文字」と視覚化した。夏の「郭公」と春の「雲雀」、異なる季節の鳥同士が交差することで、まるで季節をバトンタッチしているかのような面白さが出ている。（『己が光』）季語＝ほととぎす（夏）

23日

ちるときの心やすさよ芥子《けし》の花　越人

軽やかに花びらを散らす芥子は、誠に執心のない花であることよ、という句意。「心やすさよ」は、散りやすさを惜しむ心と、その潔さを羨ましく思う心という、多重的な意味を持つことを、金田房子氏は指摘する（『芭蕉俳諧と前書の機能の研究』）。近代的な写生句とは違い、情を通して芥子の本質を浮き上がらせた。なお、この句には「別僧」という前書があり、許六は「越人がけしの句は前書にて慥に光をましたり」（『篇突』）と評している。別れに際して未練を見せない僧の姿を、羨ましく覚えるのとともに、切なくも思う。そんな複雑な心理の象徴として「芥子の花」を詠んだことになる。（『猿蓑』）季語＝芥子の花（夏）

24日

鹿の子のあどない顔や山畠　桃隣

「あどない」とは「あどなし」の口語で、あどけない、無邪気だの意味。山の畠にひょっこりと姿を現した鹿の子の顔がいかにもあどけない、というのだ。小さな鼻をひくつかせ、目を見開き、あたりをうかがっているのだろう。鹿は四月から五月に出産し、「鹿の子」は夏の季語となっている。畠の作物を嗅ぎつけてきたのか、好奇心に誘われたのか。子鹿自身はその危うさを知らないために、きょとんとした表情をしているのが可愛らしく、また哀れでもある。子鹿の顔つきに、その無垢さ、可憐さを見て取ったのは、飯田龍太の「鹿の子にももの見る眼ふたつづつ」（『今昔』昭和五十六年刊）にも通じる。（『別座敷』）季語＝鹿の子（夏）

25日

翡翠《かわせみ》のまぎれて住むか杜若《かきつばた》　桃隣

杜若が群れて咲く中に、翡翠も住んでいるのかもしれない、何しろ色が似ているし、ともに湿地をすみかとするもの同士で、紛れていても気づかないだろうから、という句意。能の「杜若」に「色はいづれ、似たりや似たり、杜若花あやめ」という詞章があるように、かきつばたと花あやめの色が似ていることはいわれてきた。桃隣は、かきつばたと翡翠の色が似ていると、新しいペアを考えついた。色彩と生息地の共通性に加えて、紫の花びらが垂れている姿が、翡翠がとまって休んでいる姿と重なるという、形状の類似性もある。光琳の「燕子花図」の中にもよく見ると翡翠が隠れているかもしれない。（『別座敷』）季語＝翡翠・杜若（夏）

26日

姫百合や上よりさがる蜘《くも》の糸　素《そ》龍《りゅう》

姫百合がふらふらと頼りなく咲いている。上から蜘蛛の糸が掛けられているが、やっぱり頼りなくみえる、というのだ。西行の「雲雀たつあら野におふる姫百合の何につくともなき心かな」（『山家集』）の歌は、何に縛られることなく無心に咲く姫百合に、自身の理想の境地を見たもの。この歌を念頭に置き、実際の野の姫百合は「何につくともなき」というわけではなく、「蜘の糸」で吊られているとして、西行歌に軽く足払いを食らわせた。「ホトトギス」の客観写生の忠実な実践者であった高野素十に「くもの絲一すぢよぎる百合の前」（『初鴉』昭和二十二年刊）の句があり、対比してみるのも一興だ。（『続猿蓑』）季語＝姫百合（夏）

27日

ひね麦の味なき空や五月雨《さつきあめ》　木節《ぼくせつ》

鎌倉時代の口語を解説した『名語記』に「ふるくなりたるものはひね物也」とあるとおり、「ひね麦」とは、去年に収穫した古い麦のこと。黄熟した麦が刈り取られる時節に、古い麦で作った麦飯をボソボソと嚙みしめているところに、貧農の哀れが偲ばれる。「味なき」は、「ひね麦」にも「空」にも掛かっていて、空を味気ないと捉えた〝共感覚〟的比喩表現が目を引く。木節のように、味覚の表現を視覚に用いた例は、めずらしい。五月雨どきのぐずつく曇り空を、古い麦飯さながらに不味い空だと喩えたのは、単なる言葉遊びを超え、鬱々とした心象まで感じさせる、見事な表現といえるだろう。(『猿蓑』) **季語＝五月雨（夏）**

28日

兄弟の顔みるやみや郭公《ほととぎす》　去来

建久四年五月二十八日の夜、曾我十郎・五郎兄弟は、富士の巻狩に随伴していた工藤祐経の寝所に押し入り、みごと父の敵を討ち果たした。のちに『曾我物語』として能や歌舞伎に取り上げられ、江戸庶民の人気を博した事件である。去来の句はいわゆる〝歴史物〟で、まるで見て来たかのように、兄弟二人が顔を向け合い、覚悟の目配せをする場面を描いた。闇の中から響いてくる「郭公」の鋭い鳴き声が、緊迫感を高めている。「夜分尤よし」(『俳諧雅楽集』)といわれるように、ほととぎすの夜の鳴き声は和歌・連歌にもしばしば詠まれるが、このような劇的な場面に登場するのは異色である。(『俳諧曾我』) **季語＝ほととぎす（夏）**

29日

やまぶきも巴《ともえ》も出づる田うゑかな　許六

「木曾路にて」と前書。「やまぶき」「巴」は、ともに木曾義仲に仕えた女武士だ。木曾に縁のある二人であるが、合戦の場ならぬ「田うゑ」の場面に出したところが目を引く。許六が「是談林時代の句によく似たれども、大きに相違也」（『俳諧自賛の論』）とわざわざ弁明しているのは、歴史上の人物を卑俗な状況に置いて面白がっただけの時代遅れの句という批判があったからだろう。『俳諧雅楽集』に「田植」の本意として「古風残りたる鄙の風俗を賞する也」とあるのは、この句の理解を助ける。源平合戦の頃から変わっていないような木曾路の鄙びた農村の雰囲気を出すことにこそ、許六の狙いはある。（『炭俵』）季語＝田植（夏）

30日

くまの路や分つゝ入ば夏の海　曾良

元禄四年三月、江戸を発った曾良は吉野・高野を巡ったのち、熊野三山の巡礼を果たす。その後、嵯峨の落柿舎に滞在していた芭蕉のもとを訪れ、旅中の吟としてこの句を披露したことが、『嵯峨日記』の五月二日の項に載る。若葉青葉が重なって蔭を成す熊野路を踏み分けて登っていくと、あおあおとした夏の熊野浦が目に飛びこんできた、というのだ。木々の押し迫る山道の暗さと、まぶしく輝く夏の海との対照があざやかだ。「くまの路や分つゝ入ば」と、参詣の道にふさわしく荘厳な調子で始まるが、最後の「夏の海」で清々しくまとめた。信仰者のしかつめらしい記述とは、一線を画している。（『嵯峨日記』）季語＝夏の海（夏）

31日

松島や鶴に身をかれほととぎす

曾良

『おくのほそ道』の旅で、念願の松島を訪れた芭蕉は、一句も詠めなかった。代わりに掲げられているのが曾良の句だ。ここ松島において、島々の松で鳴くほととぎすの声は風趣をかきたててくれるが、いかんせんそのちっぽけな姿が物足りない。声はそのままで、姿は品格ある鶴になってくれればよいのに、という句意。「身をかれ」という命令口調が眼目で、松島の絶景に触れた心の高ぶりが表されている。芭蕉が句を詠めなかったというのは、「絶景にむかふ時は、うばはれて不叶」（『三冊子』）、つまり言葉も出ないほどに感動したというポーズを取ることで、逆説的に風景を讃えるためだった。（『おくのほそ道』）季語＝ほととぎす（夏）

六月

1日

渡りかけて藻の花のぞく流れかな　凡兆

いかにも涼しげなこの名吟から私がいつも思い出すのは、映像の詩人と呼ばれたロシアの映画監督タルコフスキーの名作「惑星ソラリス」の冒頭、水草が豊かな水の中でたゆたうシーンである。水は、胎内の羊水のイメージを呼び起こす。ゆえに、音楽家の武満徹は、タルコフスキーの水に「始原の感情」を見た。凡兆がいかにも子供っぽい仕草で川をのぞきこんでいるのも、美しく清らかな水に触れて、無垢な心に戻ったからだろう。タルコフスキーは日本の俳句に関心を持ち、芭蕉をはじめ蕉門の俳人の作品についても語っているが（『映像のポエジア』）、凡兆のこの句は知っていただろうか？（『猿蓑』）季語＝藻の花（夏）

2日

草の戸に我は蓼《たで》くふ蛍かな　其角

「蓼食う虫もすきずき」という諺がある。人の好みはそれぞれである、ということ。其角はこれを言い替えて、わざわざ粗末な庵に住んで自由気ままに俳諧に打ち込んでいる自分は、「蓼くふ蛍」と呼ぶにふさわしい、とした。「蛍」の本意の「かすかなる体」（『俳諧雅楽集』）を生かし、庵にひっそりと住んでいる自分を寓意化した。芭蕉はこの句に対して「朝顔に我はめしくふをとこかな」という句を返している。其角は俳諧を、誰にも見向きもされない「蓼」のように奇矯なものと捉えているが、芭蕉は「めし」のようにごく日常的なものと捉えている。奇抜な其角の作風を、たしなめる意図もあったか。（『虚栗』）季語＝蛍（夏）

3日

酒ノ瀑布冷麦ノ九天ヨリ落《おつ》ルナラン　其角

「酔テ二階ニ登ル」と前書がある。酔ってふらふら二階にあがれば、酒が大瀑布となって落ちてきて、足を踏み外すところだった！……その勢いは、さながら冷麦が束となってはるか上空から落ちてくるようなものだ、というのだ。李白の絶句「廬山の瀑布を望む」の一節「飛流直下三千尺、疑ふらくは是れ銀河の九天より落つるかと」を踏まえたことは明らか。酩酊の感を、酒が廬山の滝のように降ってくると表したのも奇抜ながら、それを銀河ならぬ「冷麦」の落下に喩えたのも大胆である。李白も酒好きだが、酒の滝に打たれて階段から落ちてしまう其角の酔い方は常軌を逸している。（『虚栗』）季語＝冷麦（夏）

4日

湖の水まさりけり五月雨《さつきあめ》　去来

五月雨が降り続いた結果、琵琶湖の水量が増した、とするのは「理性」による解釈で無味乾燥になってしまう、という高浜虚子の指摘は重要である。虚子は「五月雨」と「湖の水まさりけり」の概念を、同時にイメージするべきだと言っている。句を作るときにもそうだが、句を読むときにも、「理性」に偏ってはならないのだ。私見ではこの句はイメージの雄大さもさることながら、音調にすぐれていると思う。「まさりけり」の語が荘重な韻律を作り出している。仮に、中七を「増えにけり」や「満ちにけり」と置き換えてみると、この句の豪壮な魅力が全く損なわれてしまうことに気づくだろう。（『あら野』）季語＝五月雨（夏）

5日

髪剃や一夜に金情《さび》て五月雨　凡兆

五月雨の頃、置いていた髪剃が一夜にして錆びてしまった、という句意。「一夜に」ということで只ならぬ湿気であることがわかる。切字「や」の働きに注目したい。「髪剃の一夜に」とした方が意味は通りやすい。だが「髪剃や」と切ることで、刃の鋭さや冷たさが強く読者の脳裏に刻印される。そこから「一夜に金情て」へ展開する振れ幅が大きくなり、句としてのダイナミズムを獲得している。徹底して錆びた髪剃という具象物しか示していないが、ここから感情も伝わってくることに驚かされる。感情とはすなわち、けだるさ、鬱陶しさである。蕉門の理想とされた「姿先情後」の見本のような句。（『猿蓑』）季語＝五月雨（夏）

6日

五月雨の色やよど川大和川　桃隣

淀川は琵琶湖に発し、大阪湾に流れこむ川。大和川は、元禄期には大阪城の北東で淀川に注いでいた。つまり、「よど川大和川」は、本流と支流の関係。川が合流するあたりは水があふれるばかりになっているが、よく見るとせめぎあう二つの濁流に、色の相違が見受けられる、というのである。「五月雨」の伝統的な本意については『連歌至宝抄』に「水たんたんとして野山をも海にみなし候様に仕る事」とある。桃隣の句は、水浸しになった景を海のようだと大雑把に捉えるのではなく、落ち合う流れの色の違いに着目して、より「五月雨」のリアルに迫っている。伝統的な本意の掘り下げが認められるのだ。（『炭俵』）季語＝五月雨（夏）

7日

蚊の声の中にいさかふ夫婦《めおと》かな　李《り》由《ゆう》

ワンワンとうるさく蚊の声の聞こえる中で、夫婦がはげしく言い争っている、というのだ。ののしり合いに夢中になっているので、蚊の声も耳に入らないのだろう。「蚊」の本意はずばり「鬱陶しき心」（『俳諧雅楽集』）にあり、現代にいたるまで、執念深くよといつくその生態を厭う心には変わりがない。この句では、それ以上に鬱陶しく、しようもないものとして夫婦喧嘩を皮肉っているのだ。夫婦喧嘩は犬も食わない、というが、蚊すらも相手にしない、といったところか。市井の人々の何でもない日々の哀感をつづるのが、俳諧師の大切な仕事だと、あらためて思わせてくれる。（『有磯海』）季語＝蚊（夏）

8日

血を分けし身とは思はず蚊のにくさ　丈草

自分の血を吸ったということは、血を分けた間柄だということなのに、叩き殺してもまったくなんとも思わない、それほどに蚊というのは憎らしいものだ、という句意。俗耳に入りやすく、継母に愛情薄く育てられた丈草の境遇に即して解されることも多い。だが「にくさ」をそのままの意味で取ってしまっては、かえってつまらなくなるだろう。ただ憎らしい、鬱陶しいというのではなく、むしろ「血を分けし身」と一瞬でも思えたことへの可笑しさも混じっていると取った方が良いだろう。蚊だの蚤だの虱だのは嫌われものだが、俳諧ではいささかの親しみをこめて詠むのが通例だ。（『けふの昔』）季語＝蚊（夏）

9日

手のうへにかなしく消る蛍かな　去来

去来の妹・千子《ちね》への追悼句である。千子もまた俳諧を嗜んでいたが、貞享五年五月十五日、「もえやすく又消えやすき蛍かな」（『いつを昔』）を辞世の句に残し、三十にもならない若さで死んでしまった。手の上でふっと光をおさめた蛍に、命短く逝ってしまった妹のおもかげを重ねているのだ。「物思へば沢の蛍もわが身よりあくがれ出づる魂かとぞ見る　和泉式部」（『後拾遺和歌集』）に代表されるように、蛍は人の魂の象徴であった。「手のうへ」という近さが良い。死にゆく妹を抱き寄せているような肉体感覚がある。宮沢賢治の「永訣の朝」と並べても遜色のない、真情のこもった妹へのレクイエムだ。（『あら野』）季語＝蛍（夏）

10日

田の水を見せて蛍のさかり哉　北枝

闇の中に沈み込んでいる田の水が、蛍が盛んに飛ぶ今夜には、無数の灯によってうっすらと浮かび上がって見える、というのだ。去来の「手のうへにかなしく消る蛍かな」は、魂の象徴とされた「蛍」の本意に即した句であったが、ここでは、情緒的な面は顧みられず、鋭敏な観察に基づいて「蛍」の実態がいきいきと描かれている。「田の水の見えて」ではなく「田の水を見せて」として、「蛍」を主体にした擬人化によって、躍動する「蛍」の光がより生々しく感じられてくる。写生を俳句の方法論として発見したのは近代の子規であったが、蕉門の時代から、この句のように写生的な句は作られていた。（『そこの花』）季語＝蛍（夏）

11日

庵《あん》の夜もみじかくなりぬすこしづゝ　嵐雪

「深川の庵にて」と前書。深川の芭蕉庵で、師や友と寛いで語っていると、いつの間にか夜が明けていた。昨日よりも早い夜明けである。夏至の近づくにつれて、日ごとに明けやすくなっていることに、時の移ろいをしみじみと実感しているのだ。狭い庵で膝を突き合わせる仲間たち、彼らとの時を忘れるほどに楽しい会話、そして、それら一切が過ぎ去りつつあることを明け方の訪れの早さにみとめ、「短夜」の本意である「明やすく哀れなるこゝろ」(『俳諧雅楽集』)に浸っている——。人生における人との繋がりの大切さを思わせ、愛誦に足る一句である。(『あら野』) 季語＝短夜(夏)

12日

蚕がひする人は古代の姿かな　曾良

『おくのほそ道』の旅で尾花沢を訪れた芭蕉と曾良は、紅花大尽として知られる地元の俳人・鈴木清風の歓待を受け、この地に十一日間滞在する。清風や土地への挨拶の心をもって詠まれた芭蕉の三句に引き続き、掲げられているのが、曾良の句である。養蚕の仕事に勤しむ人々は素朴な身なりをしていて、大昔から変わらないだろうと思わせるのだ。考証によれば、「フグミ」と呼ばれるモンペのような格好をしていたらしい。旅の途上、時の流れから取り残されたような鄙の地にあって、ふとタイムスリップしたかのような感覚にとらわれる——『おくのほそ道』とは、時間旅行でもあったのだ。(『おくのほそ道』) 季語＝夏蚕(夏)

13日

鵜のつらに篝《かがり》こぼれて憐《あわれ》也《なり》　荷兮

篝火を焚いて鮎を集め、放った鵜に捕えさせるのが鵜飼。鮎を呑みこみ、水から顔を出した鵜の顔に、篝（鉄籠）からこぼれる火の粉が降りかかるのが、いかにも哀れ深いというのだ。ぬれぬれとした鵜の首に、あかあかとした火の粉が落ちてくるイメージは、水と火の饗宴といったらよいだろうか、いたましいながらも美しい。「鵜舟」の本意は「いとなみのかなしき体」（『俳諧雅楽集』）にあり、まさにこの句の印象そのものである。一見、下五の「憐也」は主観が過ぎるようにも思えるが、上五中七の描写がしっかりしているので、全体の〝景〟と〝情〟のバランスはうまく取れている。（『あら野』）季語＝鵜（夏）

14日

あぢさゐを五器《ごき》に盛らばや草枕　嵐雪

前書に「大津の駅に出て」。有間皇子の「家にあれば笥《け》に盛る飯を草枕旅にしあれば椎の葉に盛る」（『万葉集』）の名歌を念頭に置いた一句だ。悲運の皇子は反逆の罪に問われて紀の国に向かう途上、椎の葉に盛った飯に涙を注いだが、自由気ままな俳諧師である自分は、椀に紫陽花を盛りつけるなどして貧しい旅を楽しんでいる、という句意。「五器」は飲食に用いる蓋つきの木の椀で、旅にも携帯した。花を生けるのに花瓶ではなく「五器」であるのが意表を衝くが、ヴォリュームのある紫陽花の花は、椀に盛ってみたらなるほど映えるかもしれない。「挿す」のではなく「盛る」というのが紫陽花らしい。（『杜撰集』）季語＝紫陽花（夏）

6月

15日

五月雨や長《なご》う預る紙づゝみ　杉風

人から預かったままの紙包みが気になってくる。雨の降り続く五月雨の頃に、こう長く置いておくと、湿気ってしまう気がするから……という句意。「五月雨」の本意について『俳諧雅楽集』は「したゝるき心も有」と言う。「したたるし」とは、汚れて、くたくたになること。まさに、この句の「紙づゝみ」は、空気中の湿気を吸って、べたべたとしてきたのだ。「五月雨」の伝統的な本意は「日数ふる・水まさる」(『連珠合璧集』)にあるから、「五月雨」から「長う」に移る言葉つづきは常識的だが、五月雨が長く降るのではなく、長く預かっている荷物へと一句が展開していくことで、読者ははっとさせられる。(『続別座敷』)季語＝五月雨(夏)

16日

切られたる夢は誠か蚤の跡　其角

「怖ろしき夢を見て」と前書がある。ばっさりと斬られたと思って飛び起きたら、夢だった。しかし、完全に夢というわけでもなく、斬られたところを見てみると、蚤に食われたあとがあった、という句意。荘子の有名な「胡蝶の夢」の故事を、胡蝶ならぬ蚤を持ってきてパロディしたような句だ。この句が必ずしも機智的な面白さのみに終止していないのは、「夢は誠か」のフレーズが、夢と現実の関係のあやふやさを、見事に言い当てているからだ。斬られて死んだ自分こそが現実で、蚤の跡を見てほっとしている自分は、夢の存在かもしれないのだ。其角にぜひ、映画「マトリックス」を観せたいものだ。(『花摘』)季語＝蚤(夏)

17日

おもふ事だまつて居るか蟇《ひきがえる》　曲翠

他の蛙のように、容易には鳴かない蟇。泰然自若という言葉にふさわしい姿態がまぶたに浮かぶ。もちろん、言葉の裏には「思うことがあったら言ったらいいではないか」という問いかけも含まれているのであり、加藤楸邨の代表句である「蟇誰かものいへ声かぎり」(『颱風眼』昭和十五年刊)は、この句と同想だ。曲翠は膳所藩士。最晩年の芭蕉が住んだ「幻住庵」は、彼の提供によるもの。「幻住庵記」では「勇士」と清廉な人柄を讃えられている。芭蕉没後の享保二年、不正を働いた同藩の家老を槍で殺し、自分も切腹して果てた。蟇はただ「だまつて居る」だけではないことを、自らの人生で証明してみせた。(『花摘』) 季語＝蟇 (夏)

18日

馬洗ふ川すそ闇《くら》き水鶏《くいな》かな　北枝

一日の仕事を終えた馬を洗っている川にはすでに夕闇が迫っている。川べりの草の中からは水鶏の鳴き声が聞こえてくる。「水鶏」の鳴き声は戸を叩くようであることから、鳴くことを叩くという。夜、心待ちにしていた人が戸を叩く音と誤るということから、伝統的には「夜分の体よし」(『俳諧雅楽集』)とされてきた。中世以降、夏の風物詩として定着し、芭蕉の「幻住庵記」にも「蛍飛びかふ夕闇の空に水鶏の叩く音」は、「美景」を成すものの一つとして挙げられている。北枝の句は、農村の夕景に水鶏の音を見出したのが俳諧。馬を洗う水の音と、水鶏の鳴き声との出合いは、王朝和歌にはなく新鮮だ。(『薦獅子集』) 季語＝水鶏 (夏)

6月

19日

蛍火や吹とばされて鳰《にお》のやみ　去来

「膳所曲水之楼にて」と前書。「鳰のやみ」は、「鳰の湖」といわれる琵琶湖の、夜の闇を指す。和歌では「霞」「花」や「月」とともに詠まれるのが一般的であった「鳰の湖」を、「蛍」に結びつけたところに手柄がある。岸辺を飛んでいた蛍のひとつが、吹いてきた強い風にあおられて消え、あとにはしんしんと深い湖の闇があるばかり、という句意。「俳諧になると、『蛍の火』はその情景に応じてさまざまに見立てられた」（乾裕幸『芭蕉歳時記』）が、この句では、何かに喩えるのではなく、蛍そのものが詠みこまれている。結果、蛍という季語につきものの、湿っぽい情趣を文字通り吹き飛ばして、雄大である。（『猿蓑』）季語＝蛍（夏）

20日

蚊帳出て寝がほまたみる別《わかれ》かな　長虹

後朝の別れである。ひっそりと蚊帳を出ていく男が、名残惜しさにふりかえって、ついまた女のあどけない寝顔を見てしまう、というのである。「またみる」に、未練がましさがよく表れている。『枕草子』の六十段「暁に帰らむ人は」には、貴族の男による後朝の振舞が細かく書かれているが、そこに格子を押し上げて出ていくというくだりがある。かたや、この句で扱われているのは、庶民の恋模様。「格子」ならぬ「蚊帳」なのが、纏綿たる王朝文学の美意識に、ちょっとした肩透かしを食らわせている。ただ茶化すだけでなく、蚊帳越しに見る緑に染まった女の寝顔は、新しい美の発見といえる。（『あら野』）季語＝蚊帳（夏）

21日

桐の花新渡《しんと》の鸚鵡不言《ものいわず》　其角

桐の花が咲く屋敷で披露された、船来の品々。その中に、言葉を真似るという鸚鵡がいるのだが、むっつり黙りこんでいていささか不気味だ、というのだ。長崎の商人宅で、オランダから運ばれてきた様々な珍品を見せてもらったときの一句。「新渡」「不言」といった漢語は、「桐の花」が中国原産であることからの演出であろう。「桐の花」は、高貴な紫色をしていることから、その本意は「堂上めきて高き姿也」（『俳諧雅楽集』）とある。皇室の紋に使われているのも、その高貴なイメージに由来するものだ。桐の花との取り合わせで、船来物の鸚鵡の異質感が、ますます際立ってくる。（『五元集』）季語＝桐の花（夏）

22日

短夜や隣へはこぶ蟹《かに》の足　其角

遅い蟹の足では、短夜にはどこへも移れない。せいぜい、隣家ぐらいであろう、という句意。夏の夜の短さを僂むのが「短夜」の伝統的な詠み口であったが、蟹の鈍足と結びつけたのが奇抜である。この句と、同じく其角の「穴寒しかくれ家いそげ霜の蟹」（『五元集』）をあげて、蕪村は「いづれも蝌のおかしみを得たり」と評した（「点の損徳論」）。だが「おかしみ」ばかりがこの句の魅力ではない。土間から這い出していく蟹の微かな足音が、日中とは打って変わって静まり返った夏の夜のムードを伝えていて、その鋭敏な感覚に瞠目する。海に近い家であることも暗示されていて、潮の香りや、潮騒まで想像される。（『花摘』）季語＝短夜（夏）

23日

象潟や料理何食ふ神祭　曾良

芭蕉と曾良が『おくのほそ道』の旅で象潟を訪れた折、ちょうど熊野権現の祭りが催されていた。古くからの地元の祭りで、一体何を馳走として食べるのであろうか、と鄙の地の祭りに興味津々の様子である。象潟は出羽の歌枕で、松島と並ぶ景勝地。能因法師の「世の中はかくても経けり象潟の海人の苫屋をわが宿にして」(『後拾遺和歌集』)が有名だが、曾良の句は、「海人の苫屋」ではなく、「海人」の漁ってきた海産物に関心が注がれているのが新機軸である。曾良の旅日記には「熊野権現ノ社へ行、躍等ヲ見ル」と記されている。旅先の名産品が気になるのは、今も昔も変わらない旅人の習性だ。(『おくのほそ道』) 季語＝祭(夏)

24日

蠅打て跡にはながめられにけり　千那

ばしりと蠅を打ち、潰れたあとをじーっと眺めていると、やるせない気分になった、という句意。蠅を倒せば「ああ、せいせいした」と思うのがふつうの感覚。蠅を打ったあとに、しみじみと物思いに浸るというのが、世の中から外れた者の証である。芭蕉は、この句を見て、かつて自身が長良川の鵜飼いを見聞して詠んだ「おもしろうてやがてかなしき鵜舟かな」と同じ趣向であるが、千那の句の方がずっと優れていると評している(『鎌倉海道』)。「誠に古今の秀逸也」とは誉めすぎかもしれないが、蠅などという誰にも顧みられない虫にも情趣を感じている点に〝俳人魂〟とでもいうべきものが感じられる。(『ねなし草』) 季語＝蠅(夏)

25日

縫物や着もせでよごす五月雨　羽紅

五月雨の降る日々に仕事を続けて、ようやく仕上がった縫物を広げてみると、まったく袖を通していないのにもかかわらず、どこか汚れているように見えた、という句意。湿気のために黴びてしまったのだ、と解釈すると理屈っぽくなる。五月雨の頃の鬱々とした気分のために、まっさらなはずの着物が、翳りを帯びて見えた、と解したいところだ。五月雨で増水した川や湖を詠むのではなく、ふだんの生活からその時節らしい現象を拾い上げたところに、この句の価値はある。「着もせでよごす」のいささかもってまわった言い回しも、梅雨どきの冴えない気分を伝えていて、効果的だ。（『猿蓑』）季語＝五月雨（夏）

26日

梧《きり》の葉に光り広げる蛍かな　土芳

飛んできた蛍が桐の葉の上にとまって、青白いあかりをその上に広げている。『枕草子』に「桐の木の花、紫に咲きたるはなほをかしきに、葉の広がりざまぞ、うたてこちたけれど、こと木どもと等しういふべきにもあらず」とある。花に比べて、大きくてかさばる葉は異様で大仰であると、清少納言は「梧の葉」について否定的だ。土芳の句は、その上に蛍を配することによって、桐の葉もまた一つの美景を成すことを証明して見せた。この句の「蛍」はさながら舞台に降り立った歌姫のように美しい。「光り広げる」の描写が巧い。桐の葉の大きさや蛍の光のやわらかさを、言い当てている。（『小柑子』）季語＝蛍（夏）

6月

27日

虹《にじ》立《たつ》や釣してあそぶ鼻の先　史邦

水辺で釣りを楽しんでいたところ、鼻先ほどの近さに虹があらわれた、というのだ。「鼻の先」の語により、それほどまでに虹が近く感じられたと言ったことで、釣りをしている気分の鷹揚さがよく表されている。広く開けた視界が思われることから、海辺の釣りであろうか。自身も雨に巻き込まれたというよりは、沖で降っていた雨が上がり、みごとな虹に思いがけなく出合うことができた、といった趣である。「虹」は近現代には作例も多く、名句もいくつもあげられるが、古俳諧では不思議と詠まれない。ロマン主義的美意識が入る前に詠まれた史邦の「虹」の句は、むしろ新鮮に映る。（『菊の道』）季語＝虹（夏）

28日

かたつむり酒の肴に這はせけり　其角

「草庵薄酒の興　友五に対す」と前書。貧しい我が家には薄い酒しかないが、酒の肴にはかたつむりがある、という句意。「酒の肴に這はせけり」とは、縁先を這っているかたつむりを眺めつつ、酒を楽しんでいるという解釈が自然だ。ただ、作者がほかならぬ伊達者の其角だとすれば、文字通り、そのへんを這っているかたつむりをひょいと掴み取ってつまみに食べる、という解釈も捨てがたい。友と酌み交わす嬉しさが溢れ、このような奇矯な表現をとらせているわけである。「雨ある心　淋しき姿」（『俳諧雅楽集』）という「蝸牛」の本意を裏切り、雨の中でもいかにも楽しそうな主客が見えてくる。（『いつを昔』）季語＝かたつむり（夏）

29日

細《ほそ》脛《はぎ》のやすめ処《どころ》や夏のやま　　洒堂

元禄三年、東北行脚の旅を終えた芭蕉は、門人曲翠のすすめで琵琶湖南方の国分山の中腹、近津尾神社境内の庵に約四か月隠棲する。ここで「幻住庵記」や「几右日記」が書かれ、『猿蓑』に発表された。洒堂の句は、庵への来訪者の句を書き留めた「几右日記」に出てくる。句意は、旅暮らしに痩せ細った御足を休ませるのに、この静かな夏山はぴったりのところです、というもの。「細脛」とはけっして良い印象の言葉ではないが、こうした語を使うところに、かえって師弟の気のおけない間柄が思われる。芭蕉自身も、『鹿島紀行』などでみずからの足の力を卑下して「ほそはぎ」と称している。（『猿蓑』）季語＝夏の山（夏）

30日

夕立にはしり下《くだ》るや竹の蟻　　丈草

折からの夕立に、竹を歩いていた蟻が慌てふためき、下へ下へと素早く逃げようとしている、という句意。「はしり下る」は「蟻」に掛かっているのだが、この語調は「夕立」の勢いまで感じさせる。夕立の本意である「勢ひある心」（『俳諧雅楽集』）をよく汲み取った句である。夕立の雨の筋、下っていく蟻の列、そして竹——縦方向の直線で構成されていて、絵面に緊張感がある。「横縞よりも縦縞の方が『いき』であるのは、平行線としての二元性が一層明瞭に表われているためと、軽巧精粋の味が一層多く出ているためであろう」（『「いき」の構造』）という九鬼周造の説にならえば、これはまさに「いきな句」。（『篇突』）季語＝夕立（夏）

6月

七月

1日

市《いち》中《なか》は物のにほひや夏の月　　凡兆

人のひしめく町中は雑然として、むっとした匂いに満ちているが、天上の夏の月はあくまで涼しく照り輝いている、という句意。「夏の月」の本意は「こゝろよく清き心　口外に涼しきこゝろあるべし」（『俳諧雅楽集』）。凡兆の句は、人々の生活する「にほひ」との対照のうちに、夏の月の涼しさを際立たせた点に真価がある。これを発句に据えて巻いた歌仙が『猿蓑』におさめられており、芭蕉の付句は「あつし〳〵と門〳〵の声」。凡兆は「にほひ」を、芭蕉は「声」を通して、酷暑に喘ぐ人々の生活を掬い取り、見事な照応である。（『猿蓑』）季語＝夏の月（夏）

2日

涼《すず》風《かぜ》や青田の上の雲の影　　許六

涼しい風が吹き渡っていく。その風は、青田の稲をなびかせ、空の雲を動かす。雲は、青田の上に落ちた影もろともに走り去っていく、という情景。青田原の景がおおらかに捉えられていて、なんともすがすがしい。風が青田を渡っていく涼しさは誰にでも言えるだろうが、「雲の影」を捉えたのが非凡だ。この五音によって、景の広さや涼感が実感をもって迫ってきた。「の」でつなげる一句の流れに癖がなく、さらりと書かれているが、よく吟味された言葉の味がある。『俳諧雅楽集』には「涼風」の本意について「雨晴の気味」とあるから、風にはまだ雨の気が残り、稲穂は雨滴を付けているのであろう。（『韻塞』）季語＝涼風・青田（夏）

3日

おうた子に髪なぶらるゝ暑さ哉　園女

背負った子に髪を引っ張られたり、撫でられたりしていると、暑さがいっそう募るばかりである、という句意。おんぶをしていれば子供の体温で背中が汗ばんでくるし、その重さ、髪を弄られるわずらわしさなど、まさに「暑さ」ずくめの句である。この句は中七で軽く切れていると読むべきだろう。なぶられていることだけではなく、子育てをしながら過ぎていく一日全体の印象としての「暑さ」なのである。仮に、句中の切れを意識しないで、「なぶらるゝ」が直接「暑さ」に掛かっているとみると、なぶられているから暑いという理屈になってしまって、句の抱えこむものが小さくなってしまうだろう。（『陸奥衛』）季語＝暑さ（夏）

4日

夕涼み疝気《せんき》おこしてかへりけり　去来

疝気とは、腹痛のこと。夕涼みをしていたところ、急に腹が痛くなり、慌てて家へ戻っていった、という句意。『去来抄』によれば、俳諧の道に入ったばかりのころ、「発句は句つよく、俳意たしかに作すべし」という芭蕉の教えに沿って作ったところ、「これにてもなし」と大笑いされてしまったという。去来としては、「夕涼み」の寛いだ気分の中に、唐突に「疝気」が起こった可笑しさを狙ったのだろう。確かに芭蕉の言うように、これを俳味だとしては俳諧などいかにも底の浅い文芸ということになってしまう。ただ落差のある言葉の組み合わせを見つければよいというわけではない。（『去来抄』）季語＝夕涼み（夏）

5日

月影にうごく夏木や葉の光り

可《か》南《な》女《じょ》

月の光に照らされた夏木が折からの風でざわざわと揺れている。そのたびに月光を照り返して厚ぼったい葉がきらめく。『炭俵』では「涼《すずみ》」の項目に載せられており、編者はこの句に涼感を覚えたようだ。「うごく」は、夏木らしい重量感をよく捉えている。「葉の光り」も、夏木の特徴をつかんだ表現だ。厚みを持った夏木の葉であるからこそ、はっとさせるほどに強い月光の反射がある。「夏木」の実態を鋭く捉えた句といえるが、どこか幻想的な趣もある。昼間とは違う夜の夏木が見せる、妖しい美しさをつかみとった感覚をこそ、讃頌したい。可南女は去来の妻。もとは京の五条坂の遊女であったともいわれる。（『炭俵』）季語＝夏木（夏）

6日

夕すゞみあぶなき石にのぼりけり

野坡

わざと出っ張った石にのぼっていって、ここの方が夕涼みには良い、などとうそぶいているのだ。河原での夕涼みであろうか。いかにも子供っぽい行動で、句そのものも子供でも作れそうな他愛のないものだ。蕉門では子供の感性をこそ重んじていた。芭蕉の「俳諧は三尺の童にさせよ」（『三冊子・赤』）という言葉はよく知られている。去来も「蕉門のほ句は、一字不通の田夫、十歳以下の小児も、時に寄りては好句あり」（『去来抄』）と、言葉をもてあそぶ俳人よりも、字を知らない者や小さな子供にこそ良い句が作れるところに、蕉門の本質があるのだと語っている。賢しらは、詩には無縁のものだ。（『炭俵』）季語＝夕涼み（夏）

7日

更《ふけ》行《ゆく》やᅟ水田の上のあまの河　惟然

夜が更けていき、水田も深い闇に沈むころ、その上に天の川がしろじろと見え始める、という句意。茫漠とした「更行や」から始まり、読者の期待を高め、最後に主題である「あまの河」が登場する展開にカタルシスがある。地上にひろがる「水田」との対照により、天上を覆い尽くすばかりの「あまの河」が見える。「七夕」の伝統的な本意について『初学一葉』は「年に一度逢ふ夜なれば、名残も飽かぬ心を言ひ、稀なる契のかへりて絶えぬ心を詠むべし」と言う。この句は、牽牛織女の恋物語とは、切り離されている。言い古された物語よりも、天の川の壮大さや星の美しさを前景化した。（『続猿蓑』）季語＝天の川（秋）

8日

星《ほし》合《あい》を見置きて語れ朝がらす　涼《りょう》葉《よう》

「朝がらす」は『万葉集』に「朝烏早くな鳴きそわが背子が朝明けの姿見れば悲しも」と詠われているように、早朝に鳴いて恋人を起こしてしまい、別れを早めてしまう無情な鳥である。涼葉の句は、牽牛織女の夜の逢瀬から朝の別離の場面までしっかり見ていてどんな風であったか教えておくれと、「朝がらす」に呼びかけたもの。早朝に鳴く「朝がらす」ならば二人の恋の一部始終を見届けることができるだろうと戯れているのだ。「星合」も「朝がらす」も優美な印象の雅語であるのに、内容は極めて俗っぽいのが面白い。（『続猿蓑』）季語＝星合（秋）

9日

ゆふだちや田を三巡りの神ならば　其角

旱続きの元禄六年夏、雨乞いに御利益があるとされた三囲《みめぐり》神社では、まさに甘雨を祈る儀式が行われていた。そこへたまたま訪れた其角が、求められてこの句を即興でしたためて奉納したところ、翌日本当に夕立が降ったという伝説がある。三囲神社は向島の由緒ある寺。「田を三巡り」には「三囲」の名と、田を見て回るという意味が掛けられている。田んぼを見て回るという名を持つ三囲神社の神であれば、今の旱魃のありさまをよくご存じでしょう、どうか恵みの雨を降らしたまえ——という句意。各句のはじめの一字を取れば「ゆ・た・か」と読め、雨が降って豊かに稲がとれるように、との祈りもこめた。（『五元集』）**季語＝夕立（夏）**

10日

夕がほの屋根に桶ほす雫かな　尚白

夕顔は「『源氏物語』により一躍有名になった」（松岡新平「夕顔」、『古典文学植物誌』）。五条あたりを訪れた源氏が、粗末な家に見知らぬ花が咲いているのを見つける。一房折ろうとすると、中の住人から和歌での応答がある。これが夕顔の君であった。後に、さびれた院で源氏と逢引中、物の怪に取り殺されてしまう薄幸の女性である。尚白の句は、一日の仕事も終わり、洗って屋根の上に干した桶から、ぽとぽとと雫が落ちる。その屋根に夕顔も絡みついている、という句意。いかにも夕顔の君の住んでいそうな貧家の趣があるが、『源氏』は味付け程度。屋根から落ちる桶の雫の輝きに、新しい美の発見がある。（『孤松』）**季語＝夕顔（夏）**

11日

すゞしさや朝草《あさくさ》門に荷《にな》ひ込《こむ》　凡兆

まだ朝露が残って柔らかいうちに草を刈り、しとどに濡れた草の束を、門の内に運び込んでいる、という句意。門のある家だから、豪農に違いない。運び込んでいるのは奴婢で、つかねた草は、まぐさにするのであろう。近代の写生句には静的な描写が多いが、凡兆の句は、ここにみられるように動的である。しばしば近代写生句のさきがけと評される凡兆の独自性として、まずその点が挙げられる。背負われた草のゆさゆさと揺れるさまや、輝きながら朝露がこぼれるさまなどがイメージされ、いかにも涼しげ。一日のはじまりにふさわしい、清々しい労働賛歌である。（『猿蓑』）季語＝涼し（夏）

12日

山寺や岩に負けたる雲の峯　桃隣

芭蕉三回忌の折に、その足跡を慕い、東北行脚した際の作品をまとめたのが桃隣篇の『陸奥鵆』（元禄十年跋）である。桃隣は伊賀上野の人で、芭蕉の血縁者であった（甥とも従弟ともいわれる）。掲げた句は「立石寺」の前書があり、いうまでもなく芭蕉の「閑さや岩にしみ入る蟬の声」へのオマージュ。句意は、そびえたつ雲の峯にも増して、この山寺のたたずまいは圧倒的である、というもの。「暑に勢ひ有心」（『俳諧雅楽集』）を本意とする「雲の峯」を引き合いに出して、それ以上だとすることで、「岩に巌を重て山と」（『おくのほそ道』）した「山寺」の峻厳さ、荘厳さを讃えた。（『陸奥鵆』）季語＝雲の峯（夏）

13日

船頭のはだかに笠や雲の峰　　其角

雲の峯が湧くような暑い日、船頭がふんどし一丁で笠をかぶっている、という句意。舟を操る隆々たる筋肉が見えるようだ。一個の人間ながら、雲の峯とじゅうぶんに張り合えている。『連歌至宝抄』には、「雲の峯」は漢詩から出た言葉で（陶淵明の「夏雲奇峰多し」の詩句はよく知られていた）、連歌ではほとんど用いないと書かれている。「雲の峯」はまだ先人に踏み込まれていない、俳諧の独壇場であったわけだ。其角には「壁ぬりの泥鏝の動きや雲の峰」（『きれぎれ』）という句もあり、これも秀句。肉体労働者の活力ある描写を通して、「雲の峯」の風景を詩として定着させようとしている。（『喪の名残』）季語＝雲の峯（夏）

14日

日の岡やこがれて暑き牛の舌　　正秀

「日の岡」の名にふさわしく、日のぎらぎらと照りつける峠道を、牛がだらりと舌を垂らしながら進んでいく暑さよ、といった句意。「日の岡」は山城国の地名で、京から大津へ抜けていく途中の峠であり、東だけが開けていて朝日を受けるのでその名が付いたという。ここでは、地名の「日の岡」に「日の照りつける岡」の意味が重ねられている。地名の妙味を引き出しつつ、限られた音数に複数の情報を入れこむ巧みな手法といえる。「日の岡」と大きく打ち出して、「牛の舌」に小さく収斂していく構成も隙がない。牛の遅々とした歩み、そして舌をだらしなく出した顔が、暑さに拍車をかけるのだ。（『猿蓑』）季語＝暑し（夏）

15日

身やかくて孑孑《ぼうふり》むしの尻かしら　路通

「孑孑むし」には「棒に振る」という慣用句も掛けられているのであろう。一生を棒に振ってしまった私は、まさしく「孑孑むし」さながらだ。ひたすら尻と頭を振るかのような無益な行いばかりに生涯を費やしてしまった、という句意。路通は、異色の蕉門俳人。乞食僧として各地を漂泊し、同門の俳人たちにも疎まれた路通が、みずからの生涯をふりかえっての「述懐」（『草庵集』で付けられている前書）である。自分をボウフラに喩えるとは、究極の自虐といってよい。ひたすらに悲しく、そしてどこか可笑しい。悲惨も極限まで行きつくと、滑稽味が宿るというのが不思議である。（『草庵集』）季語＝孑孑（夏）

16日

唇に墨つく児《ちご》のすゞみかな　千那

唇に墨をつけた子供が、縁先で涼んでいる。手習いのときに、筆を噛んだのだろう、そのときに付いた墨をそのままにしている。本人は気づかないで、涼しい顔をしているというのが可憐だ。ベルクソンによれば、注意深いしなやかさと生きた伸縮性があって欲しいところに、一種の機械的なこわばりが存在するときに、人は笑うのだという。この句においても、のびのびと涼みながらも唇の墨という機械的なこわばりが取れていないところに、笑いが生まれている。「涼み」の本意は「わづかの所に思ひ懸ぬ涼有を専ら賞す」（『俳諧雅楽集』）。まさにこの句は、子供の唇の墨という「わづかの所」に涼を感じ取っている。（『猿蓑』）季語＝涼み（夏）

17日

月《つき》鉾《ほこ》や児の額の薄《うす》粧《けわい》　曾良

祇園祭の前祭山鉾巡行を詠んだ。月鉾に乗った稚児の、「額」に絞ったのが手柄である。豪華絢爛な山鉾や、稚児の金色の烏帽子や水干に目が行ってしまいそうだが、「額の薄粧」という一点でもって、祇園会全体の厳粛な雰囲気を代表させた。「額」は、意思の宿るところ。神の使いとされる稚児にふさわしい、いかにも品のよく賢そうな稚児が思い浮かぶ。「月鉾」は、山鉾の代表的なもので、竿の頭に三日月を飾り、月読尊を祀る。月の神秘性が、薄化粧の「児」を人ならぬ存在へと引き上げている。今は、長刀鉾以外では生身の稚児が乗ることはなく、曾良の句に詠まれた景は見られなくなった。（『猿蓑』）季語＝月鉾（夏）

18日

朝《あさ》起《おき》の顔ふきさます青田かな　惟然

起きたばかりの寝ぼけ顔を、青田の一面の緑と、そこから吹いてくる風が、心地好く覚ましてくれる、というのだ。作者の自堕落な暮らしぶりが想像できて愉快である。「ふきさます」の爽快な語調が、青田風の勢いや涼しさを物語っている。風ではなく、「青田」が吹き覚ますといったのが、大胆な措辞である。そのことで、青田の緑の鮮やかさもまた、風とともに、目覚めの起因となったことがうかがわれる。風を浴びた触覚だけではなく、植田の緑の視覚情報も入ることで、綾のある句となった。「青田」の本意である「涼しく遠く見晴らしたる姿」（『俳諧雅楽集』）によく適った一句である。（『住吉物語』）季語＝青田（夏）

19日

昼寝して手の動《うごき》やむ団《うちわ》かな　杉風

誰にでもわかり、親しみやすい。蕉門俳諧の持つ、大きな特徴の一つである。親しみやすいのは、まるで謎かけのような作りになっているからだ。上五中七の「昼寝して手の動やむ」までが、「昼寝していて手が動いているのはなぜ?」という謎かけで、下五の「団かな」に至って答えが示され、「ああ、団扇で扇いでいたのか」と納得する。読後感がすがすがしく、それが一句全体から感じられる涼しさともかかわっているだろう。こんがらがった難解な涼の句など、ありえないだろうから。なんということのない日常のスナップであるが、動から静へ移行する決定的瞬間を捉えて、余計な叙述を排したのが巧い。（『続猿蓑』）季語＝団扇（夏）

20日

翁にぞ蚊帳つり草を習ひける　北枝

「野田の山もとを伴ひありきて」と前書。北枝は金沢の人。『おくのほそ道』の旅で加賀に立ち寄った芭蕉に入門し、越前松岡まで同行している。「翁」は芭蕉のことで、元禄二年七月二十日、金沢郊外の野田山を一緒に歩いたときの思い出の一句。「蚊帳つり草」は道端でよく見かける雑草で、伸びた茎からブラシのような穂をつける。茎は角ばっていて、これを両端から裂くと四角形ができ、蚊帳や枡になぞらえて遊ぶことからその名が付いた。師から教えてもらったのはありふれた雑草の名の由来がはじめてだったということで、芭蕉の教えの真髄が素朴、平明にこそあったと暗に示している。（『卯辰集』）季語＝蚊帳吊草（夏）

21日

我恋や口もすはれぬ青鬼灯　嵐雪

私の恋はいまだ相手に届かず、口づけなどとんでもないこと。それはあたかも、まだ熟さずに鳴らすことのできない青鬼灯に対するのと同じようなものだ、という句意。片思いのもどかしさが主題だ。『栄華物語』には中宮彰子の容姿を表すのに「御色白く麗しう、酸漿（筆者注・鬼灯のこと）などを吹きふくらめて据ゑたらんやうに」と表現されていて、膨らませた鬼灯は女性の容姿を褒めるときにも用いられた。こうした伝統の上に成り立っている句である。四万六千日の浅草寺の鬼灯市では、まだ青い鬼灯を売るから、一句の主人公も一人境内を歩きつつ、女のことを思い出しては歎息しているのかも。（『其袋』）季語＝青鬼灯（夏）

22日

たが為ぞ朝起昼寝夕涼　其角

いったい人は何のために、朝起きて、昼寝をして、夕涼みをするのだろうか、と自問した句。大袈裟にいえば、人生の意味の探求、レゾンデートルを問うているのである。夏の暑い日々を凌ぎながら、ふと、自分は何のためにこうして生きているのだろうという気が起こる。日常から発した疑問であるだけに、強く心にとりついてしまうのである。『五元集』に「自棄」と前書がある。「昼寝」も「夕涼」も、本来は楽しいものだけに、それらも「自棄」の行為にすぎないとみなすのは、絶望が深い。其角は享楽主義者《エピキュリアン》に見えるが、虚無主義者《ニヒリスト》の一面も持っていたのかもしれない。（『続虚栗』）季語＝夕涼み（夏）

23日

湯殿山銭ふむ道の泪かな　曾良

修験道の霊場である出羽三山の一つである湯殿山は、拝殿がなく、温泉の湧き出る岩のすべてが御神体。曾良が旅日記に書いているとおり、金銭は全て奉納するのが習わしで、落ちたものを拾うことも禁じられている。従って、参道にはあちこちに賽銭が散らばっている。それを踏んでいくにつけ、有難さに涙がこぼれてくる、というのだ。銭を踏んでいくという行為は、「金銀を溜むべし、二親の外に命の親なり」（『日本永代蔵』）という西鶴の言葉に示されている俗世の理から、大きく外れている。「銭ふむ」は、超俗の象徴的行為なのだ。（『おくのほそ道』）季語＝湯殿詣（夏）

24日

鎧着て疲れためさん土用干し　去来

久しぶりに鎧を着てみて、さあどれほど疲れるものか試してみよう、それもまた虫干しならではの興である、という句意。去来は格式ある武門の家柄で、自身も武芸の習得に励んだ時期があった。「元日や家にゆづりの太刀帯《はか》ん」（『続虚栗』）と出自を誇る句もある。今日取り上げた句は、誇らしさというよりも、いささかの情けなさがこめられていて、親しみやすい。虫干しで、長く仕舞われていた鎧のことを思い出した。太平の世であるから、それを身につける機会もなく、鈍った体にはどうもキツそうだ。「疲れためさん」の語調の凜々しさと内容との間に落差があって可笑しい。（『続虚栗』）季語＝土用干し（夏）

25日

一竿は死装束や土用ぼし　許六

虫干しの衣類の中に、真っ白な死装束を見つけた、というのである。死装束は無紋・無地で、とりわけ目立つ。「八十に余る老祖父、子孫の栄ゆくにつけて、はやく死にたしとばかり願はれける」との前書で句の背景を知ることができる。死装束を用意していたのは八十を超えた老祖父であり、思い残すことはないから早く死にたいと言っていたらしい。祖父の死への覚悟を詠んだ重い内容であるが、微笑がこぼれてしまうのは「土用ぼし」の季語の効果だ。死装束も虫干しをして、いつでもきれいに使えるようにしているところに、作者の意図を超えた「シリアスな笑い」（漫画『バクマン。』）が生まれている。（『韻塞』）**季語＝土用干し（夏）**

26日

石も木も眼に光る暑さかな　去来

炎天の日差しを照り返して石や木がぎらぎらとまぶしく輝き、暑さもここに極まるようだ、という句意。「眼に光る」からは、直接眼の中を射られるような強烈な日差しが感じられる。あえて「石も木も」と大雑把に捉えることで、万象がぎらつく日に呑み込まれていることを暗示している。「暑」の本意は「いやしき心　うつとしき心」（『俳諧雅楽集』）にあり、この句もそのように詠んでもよいのだが、どこかこの「暑さ」に美しさや尊さが感じられるのは、なぜだろう。暑さとはすなわち、巨大なエネルギーであり、そのエネルギーをもたらす自然への畏敬の念が生じるからではないだろうか。（『泊船集』）**季語＝暑さ（夏）**

27日

取あげてそつと戻すや鶉《うずら》の巣　桃隣

草むらの中の巣に産みつけられる鶉の卵は、食用にもなるが、かわいそうなのでそのまま巣に戻してあげた、というのだ。季節も鳥も異なるが、萩原朔太郎の「雲雀の巣」（『月に吠える』大正六年刊）が思い出される。この詩の主人公は、草むらに見つけた雲雀の巣の卵を、煩悶の末に指先でつぶしてしまう。「おれは卵をやぶつた。／愛と悦びとを殺して悲しみと呪ひとにみちた仕事をした。／くらい不愉快なおこなひをした。」。桃隣の句では、何もしないでそっと戻してやったというところに、近代の病理に侵される前の、素朴な精神がうかがえる。命の脈動に触れて素直に感動する、子供の心が息づいている。（『別座敷』）　季語＝鶉の巣（夏）

28日

水うてや蟬も雀もぬるゝ程　其角

存分に水を打つがよい、そのへんの蟬も雀も濡らしてしまうほどに、という句意。自身の門弟である巴風の家を訪ねた際の即興吟である。「水うつや」ではなく「水うてや」と命令口調にした語調が快い。暑さの表現として、「水うてや」と言われた方が、一刻も我慢できない程の熱気が伝わってくる。「蟬も雀もぬるゝ程」も軽快である。ともに飛翔する小動物であり、かれらを飛沫で濡らすほどに、威勢よく水を打てと言っているのだ。ところで、雀は蟬を餌にすることがある。通常は喰い、喰われる関係にある両者が、ともに人間の打ち水によって追い立てられているというのも愉快だ。（『花摘』）　季語＝打水・蟬（夏）

29日

行く雲をねてゐてみるや夏座敷　野坡

流れてゆく雲を、寝ながらにして見ている、ああ、夏座敷のなんと快いことよ、という句意。『方丈記』に「家の作りやうは、夏をむねとすべし」とあるように、高温湿潤の日本では簾や葭戸を使って風の通りの良い部屋作りが成されてきた。いかにも昔からありそうな季語であるが「夏座敷」は先行句が少なく、当時の新季語のひとつであった。その本意は「奇麗なる心　涼しく見晴しあるべし」（『俳諧雅楽集』）。まさにこの句の気分に合致している。空と自分とがつながっているような、はればれとした一句である。前書を踏まえれば、客と主人の寛いだ気分を表したことになるが、一人でいる景と取ってもよい。（『炭俵』）季語＝夏座敷（夏）

30日

涼しさをみせてそよぐや城の松　丈草

城郭の松が、いかにも涼しげにそよいでいる、というのだ。自然体の句であるが、「みせてそよぐや」が巧い。「涼しさ」という実体のないものを、風に吹かれる城の松で形象化してみせた。仮に「浜の松」では、平凡。「城の松」とすることで高いところにそびえる松であることが暗示されて、「涼しさ」に説得力を持たせている。城は、どこの国の城でもかまわないが、モデルは丈草の故郷である尾張国犬山藩の犬山城。『丈草発句集』には「犬山にて市中苦熱」と前書があり、相当な暑さだったようだ。そのような中でも、涼しげにそよいでいる松を見て、いささか心がやわらいだのであろう。（『金毘羅会』）季語＝涼し（夏）

31日

涼しさや此庵をさへ住捨し　曾良

「此庵」とは、芭蕉が元禄三年の四月六日から七月二十三日の間滞在した大津国分山の「幻住庵」を指す。曾良の句は、翌元禄四年の夏、その跡地を訪ねての感慨である。思い出されるのは、芭蕉が「幻住庵記」の執筆にあたって手本とした鴨長明の『方丈記』、その末尾の部分だ。「仏の人を教へ給ふおもむきは、ことにふれて執心なかれとなり。今草の庵を愛するもとがとす、閑寂に着するもさはりなるべし」。芭蕉は、「執心」を捨てて「涼しさ」の境地に達した。閑寂な庵すらも破り、再び漂泊の旅に出立したのだから。「さへ」の一語には、わが師は長明を超えたという誇らしさが滲んでいるのではないか。（『猿蓑』）季語＝涼し（夏）

八月

1日

はきながら草履を洗ふ清水かな　北枝

「夢中に申侍る」と前書。夢の中で得た句ということ。句意は、旅のさなか、湧きつぐ清水を見つけたので、草履のままじゃぶじゃぶと入っていって、汚れを洗い落とした、というもの。丁寧に草履を脱いでから洗うのではなく、豪快に草履ごと洗ってしまったというのが、胸がすく。「清水」の本意とは、ずばり涼しさにある。『連珠合璧集』の「清水」の寄合語に「結ぶ」があるとおり、伝統的には清水を手で掬ったときの冷たさに涼感を覚えるものであった。北枝の句では、手ならぬ足で感じ取っているのがいかにも俳諧的で、新機軸といえよう。

（『卯辰集』）季語＝清水（夏）

2日

日焼田や時〴〵つらく鳴く蛙　乙州

「日焼田」は、旱魃でひび割れた田の事。句意は、旱で乾き切った田でときおり、蛙がつらそうに鳴いている、というもの。「つらく」「なく」「かわず」というウの音で脚韻を踏んだ訥々とした調べが、弱々しい蛙の鳴き声を再現している。死にかけの声は聞くに堪えないが、「つらく」という擬人化によるユーモアが、悲惨なだけの句に陥るのを救っている。和歌や連歌における蛙の声といえば、笛にも喩えられるようなカジカガエルの麗しい鳴き声を詠むものであった。しかし、この句では、苦しそうにたえだえに鳴いている蛙の声が詠まれている。乙州によって、はじめて言語化された声である。（『猿蓑』）季語＝日焼田（夏）

3日

滝水の中やながるる蟬の声　惟然

「神にませばまこと美し那智の滝　高浜虚子」（『五百句』昭和十二年刊）や「滝の上に水現れて落ちにけり　後藤夜半」（『後藤夜半集』昭和三十二年刊）といった滝の名句の誕生は、近代以降のこと。近世には、季語に認定されていない。したがって、この句の季語は「蟬」である。『俳諧雅楽集』には「蟬」の本意について「暑き心も涼しき心もあり」と書かれている。惟然の句は、「涼しき心」であろう。滝の音をくぐって聞こえてくるような蟬の声は、いかにも涼しげ。滝の音と、蟬の声とが混然となった、こんな別天地を遊歩してみたいものだ。

（『草庵集』）季語＝蟬（夏）

4日

鳴く蟬や折々雲に抱かれゆく　路通

羽黒山に参詣したときの句。鳴いていた蟬がときどき飛びたつのは、大空の雲に抱かれにいくのだ、という句意。蟬の鳴く木の下から、空を仰いでいる感じだ。「雲に抱かれゆく」の表現から雲の分厚さが思われ、山中の暑さが伝わってくる。飛び立った蟬が雲に抱かれる、という着想が魅力的だ。蟬の本意は「はかなき心」（『俳諧雅楽集』）にあるわけだが、気宇壮大なこの句は、蟬が短命であることをあまり感じさせない。雲や空や森と共に、のびのびと永らえそうな予感がある。神の山である羽黒山で詠まれた句であることを思えば、ここに路通の素朴な信仰心を読み取ってもよいだろう。（『三山雅集』）季語＝蟬（夏）

5日

こもらばや百《ひゃく》日《じつ》紅《こう》のちる日迄　文考

「籠山庵」と前書。今年の夏こそは、秋口まで百日咲くといわれる「百日紅」の散る日まで、庵に籠もって過ごしたいものだ、という句意。暑い夏には涼しく庵に籠もっていたいものだが、これまではなかなか叶わなかった。旅に明け暮れて腰の落ちつかない風狂ぶりを暗に示している。「百日紅」を「ひゃくじつこう」と読ませる場合には、『大和本草』に「凡花ノ久シク開ルコト、百日紅ヲ第一トスベシ」とあるとおりの、花期の長い花であることを生かした趣向になる。ここでは中七下五でたっぷりと「ひゃくじつこうのちるひまで」と述べたことで、花期の長さを調べの上でも感じさせている。（『菊の香』）季語＝百日紅（夏）

6日

秋ちかき星の光や膳の上　除《じょ》風《ふう》

長かった夏もいよいよ終わり、秋が近づいてきていることを、星の光の冴えに感じている。その星の光を眺めながら夕餉をいただいている、という句意。宵の暑さも少し衰えてきて、寛いだ気分で膳に向っている気分がよく出ている。落ち着いた情感の句であるが、近くの「膳」と遥かの「星の光」とを「〜の上」の一語で大胆に結びつけた趣向は、いかにも俳諧的だ。除風は備中国倉敷の真言僧。出典の『青莚』（元禄十三年刊）は除風が諸国を行脚して得た句をまとめたもので、この句は旅吟である。膳の上の星は、日常から離れた解放感を雄弁に伝えている。（『青莚』）季語＝秋近し（夏）

7日

深爪に風のさはるや今朝の秋　木《ぼく》因《いん》

「今朝の秋」は、立秋の日の朝の事。秋の訪れを実感させる冷ややかな風が深爪に触れることで、軽い痛みが起こる。その痛みを通して、立秋の季節感を表現した。立秋でまっさきに思い出されるのは、『古今和歌集』の「秋来ぬと目にはさやかに見えねども風の音にぞおどろかれぬる　藤原敏行」の和歌だ。木因の句は、音ならぬ痛みによって――しかも、日常的な深爪の痛みによって表したのが、手柄である。切り傷などの強い痛みでは、「今朝の秋」など吹き飛んでしまう。風が吹いたときに思い出すくらいの、深爪の痛みが丁度良い按配だ。不快な深爪の痛みも、詩になるという面白さ！（『小柑子』）季語＝今朝の秋（秋）

8日

蕣《あさがお》や其日〳〵の花の出来　杉風

朝顔は、その日によって花の出来が違い、一日として同じに咲くことはない、というのである。たしかに、咲く花の数や位置、色合いも、日々変わるものだ。人もまた単調に見えても、丁寧に見れば同じ一日は二度とないのだ、と人生を重ねた寓意的な句とも読み取れる。「朝顔」の本意は「覚束なき心」（『俳諧雅楽集』）。すぐに萎れてしまうはかなさにあった。この句では、「花の出来」という言葉を使うことで、無常の世といえども一日一日心を尽くして咲いているのだ、とポジティブに捉え直している。所詮はかないこの世だからこそ、一日一日を丁寧に生きよう。そんなメッセージが聞こえてくる。（『別座敷』）季語＝朝顔（秋）

9日

朝がほは絵に写す間にしをれけり　破《は》笠《りつ》

破笠は多才な人で、特に蒔絵・象嵌細工師として大きな仕事をした。俳諧は芭蕉に、絵は英一蝶に学んだ。芭蕉の肖像画を多く残している。この句は一蝶のもとでの修業時代のもの。朝顔を一生懸命写生していると、描ききらないうちから早くもしぼんでしまった。いくら短命の朝顔といえど、あまりに早すぎるのではないか、という句意。いささか機智的なところは気になるが、「朝がほ」の本意であるはかなさを、絵師としての立場から、ユニークに捉えた点は評価するべきだろう。絵にじゅうぶん写すことができないほどに美しい朝顔だったと、みずからの力量不足を託っているようでもある。（『其袋』）季語＝朝顔（秋）

10日

あさがほの花ほど口をあくびかな　嵐雪

「朝顔」は王朝文学において、儚さを嘆じるとともに、寝起きの顔に重ねるという扱いをされた。たとえば『紫式部日記』に、早朝に道長から女郎花を渡されて「我が朝顔の思ひ知らるれば」と恥ずかしがる場面がある。化粧をする前の朝の素顔に「朝顔」を掛けたわけだ。嵐雪の句も、この伝統を踏まえて寝起きの顔を詠っているのだが、通俗的な「あくび」に喩えたのが眼目だ。しかも、それを「〜ほど」と言って朝顔の開き具合に重ねているところなど、手がこんでいる。言葉遊びとしても面白いが、朝顔の花のかたちは、なるほどあくびの口に似ていて、実態を捉えた表現にもなっている。（『玄峰集』）季語＝朝顔（秋）

11日

かさねとは八重撫子の名なるべし　曾良

『おくのほそ道』の行脚において、那須野を馬で渡る芭蕉と曾良のあとに、小さな子供たちがついてきて、名を問えば女の子は「かさね」と答える。東北の地にも、古き代の姫のような名の伝わっていることに感じ入って、襲の着物を思わせる「八重撫子」の名に似つかわしいと興じた。なお、このエピソードには後日譚がある（俳文「重ねを賀す」元禄三年成立）。芭蕉は道すがら、もし自分に子供があればこの名をつけたいと、曾良に冗談めかして言っていたところ、後日たまたま女の子の命名を頼んできた人がいたので、美しく成長してほしいという願いをこめて、「かさね」と名付けたのだという。（『おくのほそ道』）季語＝撫子（秋）

12日

かまきりの虚空をにらむ残暑かな　北枝

かまきりが立ちあがって残暑の空をじっとにらみつけている。上五中七からは、ぎょろりとした大きな目玉とふりあげた鎌の迫力あるイメージが思い浮かび、うんざりするような「残暑」とよく拮抗している。かまきりは、芭蕉たちの親しんだ『荘子』の「人間世篇」では「汝夫の蟷螂を知らざるか。其の臂を怒らして以て車轍に當る。其の任に勝へざるを知らざるなり」と、無謀な者の喩えに用いられている。轢き殺されるのも知らないで車輪に立ち向かうかまきり。北枝の句では、どうしようもない「残暑」にすらも、ひとり立ち向かおうとしている。その無益で愚劣なふるまいが、哀れにも愛おしい。（『艶賀の松』）季語＝残暑（秋）

13日

一めぐり人待ちかぬるをどりかな　尚白

踊りの輪にみつけた素敵な人が、ひとめぐりしてもう一度まわってくるのが、なんとももどかしい、というのだ。『俳諧雅楽集』によれば、「踊」の本意は「賑やかなるもの　恋を内に持てなつかしき心」。盆踊りには、男女の出会いの場である歌垣的な一面もあり、俳諧ではむしろこの面に着目する傾向がある。旧暦七月十五日の満月の下、踊りの場は、性の熱気に満ちるわけである。尚白の作は、踊りの輪の中で見そめた娘への思いを詠んで、すこやかな恋の句となっている。今の若者風にいうと、ライブステージの観客席で、目当てのアイドルが近づいてくるのを、いまかいまかと待ちかねている感じだろうか。（『あら野』）季語＝踊（秋）

14日

玉《たま》棚《だな》の奥なつかしや親の顔　去来

初案は「面影のおぼろにゆかし魂祭」であった（『去来抄』）。芭蕉に「祭るときは神いますの如しとやらん（筆者注・『論語』の言葉で、祖先を祀るときにはそこにいるかのように思えということ）、玉棚の奥なつかしく覚侍る」と添え書きをして送ったところ、このままでは古くさいから、手紙の言葉をそのまま生かせばよいと言われたので、改案したのだという。「玉棚」は盂蘭盆会に供物等を並べて祖先を祀るもので、「精霊棚」や「盆棚」ともいう。初案は「面影」が誰であるのかはっきりしない上に、魂祭のどの場面であるのか定かでない。成案では「玉棚」といい「親の顔」といい、イメージの喚起力がぐっと増した。（『韻塞』）季語＝玉棚（秋）

15日

かなしさや麻木《おがら》の箸もおとななみ　惟然

カミュの『ペスト』で、死病に侵され、なすすべなく衰弱し、死んでいく少年の描写は迫真だ。古今東西を問わず、幼くして死んだ者を偲び、悲しむ心は、深く熱い。「麻木の箸」は、精霊棚の供物に添える箸で、皮を剝いだ麻の茎で作る。麻は清らかで、魔を払う力があるとされた。それが「おとななみ」だというのは、その年の死者の中に、子供もいたということ。死者の数の分だけ供物と箸が並べてあるが、子供の分も大人と変わりなく置かれていることで、かえって大人になれずに死んでしまった子供の哀れが際立ってくる。「かなしさ」と直截に言わざるを得ないほどの深い悲しみが胸を打つ。（『続猿蓑』）季語＝麻木の箸（秋）

16日

夢によく似たる夢かな墓参り　嵐雪

元禄八年十二月七日、大坂の千日寺の墓所で染物屋の若旦那と女芸人が心中事件を起こした。この赤根屋半七と美濃屋三勝の事件を元にしたのが浄瑠璃の「艶容《はですがた》女舞衣《おんなまいぎぬ》」だ。嵐雪の句、前書によれば、盂蘭盆の時期、二人の葬られた千日寺に人が集まっているので見に行くと、半七の戒名がなんと同じ「嵐雪」であったことに驚いて作った句だという。自分の墓を自分で見ているような、奇妙な思いにとらわれたのだ。「夢によく似たる夢」とはよくいったもので、現実はよくできた夢なのではないかと思う経験は誰しも持っている。生と死、夢とうつつが混沌としてくるのも、「墓参り」の時期だから。（『杜撰集』）季語＝墓参り（秋）

17日

上行くと下来る雲や秋の天《そら》　凡兆

上の方の雲は去っていき、下の方の雲はこちらに近づいてくる。空の高いといわれる秋を、実感させる景色である。現実的にいえば、空の層によって、風向きが異なるために起こる現象である。「行く」「来る」と、軽く擬人化したことにより、雲がゆうゆうと大空を漫歩しているような楽しさが出た。「雲」とあるので空は想像できるのに、さらに「秋の天」を置くのは、言葉の無駄遣いにも思えるが、十七音をあえてぜいたくに使った余裕が、この句の雰囲気によく適っているのだ。たとえば下五に、草花の季語など置いてしまうと、句柄が小さくなってしまう。なんでもかんでも省略すればよいのではない。(『篇突』) 季語=秋天 (秋)

18日

何となくかはゆき秋の野猫かな　兀《こっ》峰《ぽう》

秋の野原で見かけた猫が、なんとはなしに可愛く見えた、というのだ。春の猫は「猫の恋」「猫の妻」として、俳諧でユーモラスに詠まれるが、秋の猫の作例は珍しい。「かはゆき」は手放しの誉めようだが、背景に秋の七草が咲き乱れているのを思えば、納得できるところもある。寂寥感が「秋」の本意であり、兀峰の句は、その中にも心がほっと安らぐ猫の姿態を見つけたところに新しみがある。菱田春草の最晩年の傑作「黒き猫」(明治四十三年作) では、背景に秋に落葉する柏の葉が描かれていた。落魄の季節にこそ、猫は似つかわしいのかもしれない。(『桃の実』) 季語=秋 (秋)

19日

十《とお》団《だ》子《ご》も小粒になりぬ秋の風　許六

宇津ノ谷峠の土産物「十団子」も、不景気のために、ずいぶん小粒になってしまった。そのやるせなさを「秋の風」で表現した。「十団子」は東海道の途中の宇津ノ谷峠で、魔よけのために売っている縁起物。小さな団子を数珠のように繋いで作る。典型的な取り合わせの句で、「十団子」と「秋の風」を結び合わせる「小粒になりぬ」の語を得るために、試行錯誤して二十句以上も作ったのだという。芭蕉にはじめて会ったときこの句を誉められたこともあってか、許六は終世取り合わせの有効性を説いた。材料費を節約するために小粒になった十団子の〝俗〟と、伝統的な秋風の〝雅〟の取り合わせが鮮やかだ。（『韻塞』）季語＝秋の風（秋）

20日

秋風や白木の弓に弦張らん　去来

秋風の吹きすさぶ今日、風に応えるかのように、白木の弓に弦を張ろう、という句意。「秋風」の伝統的本意について有賀長伯の歌学書『初学和歌式』は「風の音はげしくあらきよしをもいひ、又は、身にしみてあはれをそふるやうにもよむ也」と述べる。ここでは前者、すなわち荒々しく吹いているものと解したい。「白木の弓」は、まだニスや漆を塗るまえの木肌がむきだしの弓のこと。「白木の弓に弦張らん」は戦の準備をするわけではない。一種のポーズであり、凋落の季節に負けまいとする気迫や気概を「弦張らん」の語勢に託したのである。「白木」の「白」の字が、白秋ともいわれる秋の季節感に適っている。（『あら野』）季語＝秋風（秋）

21日

がつくりとぬけ初むる歯や秋の風　杉風

はじめて歯が抜けてしまった。老いの兆しを感じる心と身体に、秋の風がつめたく吹き過ぎる、という句意。作者、四十四歳の作である。元禄三年九月二十五日付芭蕉宛書簡によれば、「がつくりと身の秋や歯のぬけし跡」が初案だったようだ。芭蕉の添削により「秋の風」を吹かせ、身体感覚を強調したことで、老いの現実がいっそう生々しく表された。「秋風」の本意である「こゝろなく力のぬけたる味也」(『俳諧雅楽集』)をよく汲んだ一句である。芭蕉もまた、「衰や歯に喰あてし海苔の砂」(元禄四年作)と、歯の感覚を通して老いを痛感している。当時、老いというのは、歯から来るものだったようだ。(『猿蓑』)季語＝秋の風(秋)

22日

西瓜《すいか》喰ふ奴《やっこ》の髭の流れけり　其角

奴は武家の下僕。髭は強さの証しであり、作り髭をする者もいた。この句では、奴が夢中で西瓜にかぶりつき、口の周りを濡らしたものだから、作り髭が黒く流れ出している、というのだ。いかにも奴らしい品のないふるまいだが、切字の「けり」を響かせた調べは堂に入ったものだ。西瓜はこんなふうに豪快に食べてこそ美味いと思わせる。映画「ベニスに死す」のラストに、美少年に心を奪われた老音楽家が、浜辺で絶命するシーンがある。無理して若作りした髪の艶出しが汗とともに垂れて、死に顔を汚しているのが、悲痛さを際立てていた。其角の句は、奴のみっともなさが、素直に笑いにつながっている。(『花摘』)季語＝西瓜(秋)

8月

23日

出女の口紅をしむ西瓜かな　支考

「出女」は飯盛り女、留女ともいう。宿場の旅籠で客を引いた私娼の事だ。西瓜にかぶりついて口紅を流してしまってはいけないから、つつましく口を開けて食べている。西瓜の特色といえば、やはりその果肉の赤さにある。ここでは、西瓜の色と口紅の色とがよく映えて、エロティックである。前日の其角の句は男らしく、今日の句は、いかにも女らしい。西瓜の食べ方を通して、江戸時代の男女観が垣間見える。また、「奴」や「出女」といった、低い身分の者たちとのかかわりで西瓜が詠まれているのも興味深い。和歌や連歌では扱われない題であるから、俳諧師たちも自由に詠んでいたようだ。（『東華集』）季語＝西瓜（秋）

24日

川音やむくげ咲く戸はまだ起きず　北枝

平安時代には、朝顔と木槿は混同され、「槿花一日の栄」といわれるような、すぐにしぼんでしまう儚さを詠まれてきた。のちに、朝顔は草で、木槿は木であるという分け方がなされ、朝顔とは異なる木槿ならではの情趣が探られることになる。朝の景色の中での木槿はさして新しみはないが、北枝の句は「川音」を加えたのが手柄といえよう。川べりに立ち並ぶ家だということで、庶民の住まいを連想させつつ、秋の朝の冷ややかで澄んだ空気を感じさせている。中七下五の言葉運びがきびきびとしていて快い。「木槿」につきまとう観念臭は、きれいに洗い流されて、趣ある叙景句となっている。（『卯辰集』）季語＝木槿（秋）

25日

秋風の心動きぬ縄すだれ　嵐雪

暑さがなかなか去らないと思っていたが、ふと縄すだれを動かして冷ややかな風が入ってくると、自然と心も秋へ向かって動き始めた、という句意。「秋来ぬと目にはさやかに見えねども風の音にぞおどろかれぬる　藤原敏行」（『古今和歌集』）の歌では「音」に秋を感じ取っているが、ここでは「縄すだれ」という具象物を介しているのがポイントである。「縄すだれ」は、縄を幾筋も垂らして作る簾で、いかにも庶民風の日除けの具である。団扇でも使いながら暑い暑いと託っている町人が、「秋風の心動きぬ」などと風雅めいたことを言っているところに笑いを誘われる。無論、それを作者自身と見ても良い。（『続の原』）季語＝秋風（秋）

26日

山々や一こぶしづゝ秋の雲　涼菟

「金城」と前書がある。金沢の地で、地元の俳人たちと遊んだ折の句。山々の上を通って、握ったこぶしほどの雲がぽつりぽつりと流れてくるという句意。山と雲という、きわめてシンプルな道具立てだ。この句を成り立たせているのは、「一こぶしづゝ」という比喩の力が大きい。「秋の雲」を「こぶし」に喩えて、寄り集まっては盛り上がるダイナミックな夏の雲とはあきらかに違う、秋らしい雲の形や動きを見事に捉えている。「こぶし」の硬さが、澄んだ青空に浮かぶ秋の雲のくっきりとした輪郭を感じさせているのだ。そのことで、山々の稜線もまたはっきりと見えていることが分かる。（『山中集』）季語＝秋の雲（秋）

27日

電《いなずま》のかきまぜて行く闇夜かな　去来

同門の丈草と支考は、この句を瞬間的な映像と取った（『去来抄』）。稲妻が激しく闇夜をかきまぜているところと解したのだ。その場合、下五の「闇夜」は言わずもがなのことで、不要になる。かわりに「田づらかな」などとすればよいと評している。だが去来の意図としては、時間の経過を詠んだのだった。稲妻がかきまぜるように幾度も閃いたあと、深い闇夜ばかりが残された、という句意になる。「行く」の一語に重きを置いた去来の弁も分からなくはないが、この句はやはり、丈草や支考のように解するのが自然だ。多くの国の神話で最高神に擬せられる雷の、原初的なエネルギーが迸る秀句である。（『去来抄』）季語＝稲妻（秋）

28日

いなづまやどの傾城《けいせい》とかり枕　去来

無常迅速の稲妻は、今宵はどの傾城とかりそめの契りを結ぶのだろうか、という句意。『去来発句集』には「長崎丸山にて」と前書がある。「長崎丸山」は、吉原・島原と並ぶ大規模な花街で、元禄期には千五百人近い遊女を抱えていた。西鶴は『日本永代蔵』の中で「長崎に丸山といふところなくば、上方の金銀無事に帰宅すべし」とその繁栄ぶりに触れている。毎晩相手を変える遊女の境遇に思いを寄せた句とされているが、「どの傾城と」は男性側の視点で、むしろ享楽的気分が濃いのではないか。無常観を、現世的歓楽にどっぷりと浸かることで乗り越えていこうとする逞しさを感じる。（『続有磯海』）季語＝稲妻（秋）

29日

いなづまやきのふは東けふは西

其角

「電光石火」という言葉のとおり、速いものの代表に挙げられる「稲妻」。昨日は東の空に閃いたかと思ったが、今日はうってかわって西の空に。何とも刹那的で落ち着きがなく、それは我々の人生も又同じである、という句意。江戸期には高い評価を得ていたが、正岡子規は「諸行無常的の理想を含めたるものにて、俗人は之を佳句の如く思ひてもてはやせども、文学としては一文の価値なきものなり」(『俳諧大要』)と厳しく批判している。子規は、稲妻で人生を寓意しているところに、嫌味を感じたわけである。人間には到底はかりしれない巨大な空間で、稲妻が暴れまわっている躍動感は、痛快ではあるのだが。(『あら野』)　季語＝稲妻（秋）

30日

つくづくと絵を見る秋の扇かな

小《しょう》春《しゅん》

「秋の扇」は、いつしか使われなくなってしまった扇のこと。夏には扇ぐことが優先されるために、関心を払っていなかった扇の絵に、秋になってようやく気づいた、という句意。そのへんに放り出してあったのを見て、なかなか趣のある絵付けが施してあることを、今さらながらに知ったのである。私たちは普段、物を功利的な目で見ている。何の役に立つのかにばかり意識が赴き、その物自体を見ることをしていない。ところが、いったん功利性や利便性から離れて物を見てみると、意外な一面が発見され、新鮮な驚きを覚える。無用なはずの「秋扇」には、まだまだ美的価値が残っているのだ。(『あら野』)　季語＝秋扇（秋）

31日

蜻蛉《とんぼう》の来ては蝿とる笠の中　丈草

旅の道中、笠の内側まで蜻蛉がやってきては、蝿をつかまえて去っていく、という句意。蝿がまだ盛んに飛び回っているころだから、秋に入ったばかりの頃、残暑の季節感である。真に迫った描写で、蜻蛉の貪欲さを如実に表している。ちかぢかと見た弱肉強食の現場に、迫力がある。人間もまた、その摂理からは逃れられない。「笠の中」とあり、行脚の旅の途上であることが、効いてくる。いつ野ざらしとなるかもしれない身の上にとっては、食い、食われるもののドラマが、他人事ではないのだ。描かれた情景の意味するところを、読者に問いかけるようなところがある。（『鳥の道』）季語＝蜻蛉（秋）

九月

1日

百舌鳥《もず》なくや入日さし込女松原《めまつばら》　凡兆

百舌鳥の鳴き声が響いている。おりしも、赤松林には入日がさしこむ頃である、という句意。女松は赤松、雄松は黒松の、それぞれ別称である。この句の場合、隙間の多い「女松原」だからこそ、秋の澄んだ入日の感じが出ている。太い幹の密集する雄松の林では、入日が見えづらくなってしまう。そこに「百舌鳥」の声を配したのも巧い。雁や鴫では、情緒に流れる。「鵙」ではなく、「百舌鳥」の乾いた鋭い鳴き声が、入日の女松原をいっそう澄んだものに見せている。「鵙」ではなく、続けて鳴くという意味の「百舌鳥」の字を用い、時間感覚を取り入れたのも、夕日が沈んでいくところを想像させて効果的だ。（『猿蓑』）季語＝百舌鳥（秋）

2日

ねばりなき空にはしるや秋の雲　丈草

空のことだけを述べて句を成すのは、きわめて困難。なにしろ、地上に比べて、天上は圧倒的に素材に乏しい。表現の綾によって、読み手の関心を引くほかない。この句は、「〜なき」という否定形によって想起される「ねばりある空」との対比のうちに、「ねばりなき空」がまざまざと感得されてくる。「ねばりある空」といえば、暑苦しく、曇った夏の空が想像される。そうした空とは対照的な、爽やかに澄みわたった、秋の晴天なのである。余計なものを足さずに、ただそこを走り過ぎていく雲だけを述べたのが潔い。夏から秋へ、季節による空の変化を、繊細に言い取った句である。（『東華集』）季語＝秋の雲（秋）

3日

鮎さびて石とがりたる川瀬かな　乙州

秋になると、鮎は産卵のため川を下る。これを「さび鮎」「落ち鮎」という。なんといってもその字面から感じられる哀れさが、この季語の本意である。乙州の句は、川瀬に突き出した岩という、具体的な物象を示して、険しい川の道を辿るさび鮎の哀れを表している。「さびて～とがりたる」と呼応しているかのような言葉運びに味がある。さび鮎の時期になったから川瀬の石が急に尖り出したというわけではないのだが、水から突き出た石の尖りが、秋の季節感の具象化のように感じられてくるのが面白い。石のまわりには真っ白な飛沫があがっているのだろう。その白さが、秋の季節感に通じてくる。(『孤松』) 季語＝さび鮎 (秋)

4日

山臥《やまぶし》の火を切りこぼす花野かな　野坡

山臥が花野の石に腰かけて、一服しようとしている。煙草の火をつけようと火打石を鳴らすと、ぱっと飛び散った火花が千草の花に降りかかった。「花野」の本意は「草の花にかよへり　野を広く云ふべし」(『俳諧雅楽集』) とある。広大な花野の中で、一点の赤い火花を捉えたのが眼目である。現実的に考えれば、昼間なのに火花が目立つだろうか？という疑問は浮かぶが、夢幻的な雰囲気を楽しむべき句なのだろう。豊後国の日田にて詠まれた句。おそらく、日田に近い英彦山で修業をしてきた、あるいはこれから向かう山臥なのだろう。(『寒菊随筆』) 季語＝花野 (秋)

5日

静かさや梅の苔吸ふ秋の蜂　野坡

限りなく静かである——梅の木の根元の苔に蜂がとまっている、この秋の昼間は——という句意。「梅」も「蜂」も本来春の季語であるが、あえて季節外れの秋に詠んで、華やかさや賑やかさとは別種の美を、そこに見出そうとしている。もはや衰えゆくばかりの蜂の境遇に寄せる、深い共感が背景にあるのだろう。仮に「苔這ふ」では、表面的な写生になってしまう。「苔吸ふ」と言ったことで、苔にわずかの隙もなく張りついたさまが感じられ、哀れさも引き立つ。繊細な詩心と鋭敏な観察眼との双方を兼ね備えていなければ、成し得ない一句である。（『百曲』）季語＝秋の蜂（秋）

6日

ゆき〳〵てたふれ伏《ふす》とも萩の原　曾良

『おくのほそ道』の旅の途上、加賀の山中温泉で曾良は病のため芭蕉と別れ、一足先に伊勢長島に向かうことになる。そこで書き残していったのが、今日の句。折しも萩の美しい時節、旅を続けていつか倒れることになっても、萩に包まれて死ぬのであるから喜んで受け入れよう、という句意。「萩」は、その枝の垂れたさまを「寝たる萩」と詠む例が和歌に見られ、『俳諧雅楽集』でも、「寝起の心」をその本意とする。曾良の句は「萩→寝る」の連想から「たふれ伏」の語を導き、寝ている萩と一緒に私は死んで倒れるのだ、とお道化ている。悲壮な決意を詠んだ句のように見えるが、暗い笑いの句でもあるのだ。（『おくのほそ道』）季語＝萩（秋）

7日

終夜《よもすがら》秋風きくや裏の山　曾良

一晩中、秋風を聞いていた——裏の山に索漠と吹く秋風を、という句意。いわずとしれた秋風の名歌「秋来ぬと目にはさやかに見えねども風の音にぞおどろかれぬる　藤原敏行」（『古今和歌集』）では、秋風の音を聞きとめた瞬間のハッとした気づきが詠まれているわけだが、この句では夜の間ずっと聞いていたという過剰さが面白い。「身にしみてあはれをそふるやうにもよむ也」（『初学和歌式』）という本意を持つ秋風の哀憐の情を、いやというほど味わっているのである。『おくのほそ道』の旅で芭蕉と別れた曾良が、加賀国大聖寺町のはずれ、曹洞宗全昌寺を一足先に訪れた際に残した句。（『おくのほそ道』）季語＝秋風（秋）

8日

黄菊白菊そのほかの名はなくもがな　嵐雪

菊をテーマにした嵐雪の連作「菊花九唱」から三句、紹介したい。今日鑑賞するのは、嵐雪の代表句として、よく知られている作。元禄元年九月十日、芭蕉、其角、越人たちと素堂亭の菊見の宴に参加したときの句である。世の中にはさまざま趣向を凝らした名の菊があふれているが、黄菊と白菊だけあればじゅうぶんなのだ、他は要らない、という句意。菊は奈良時代に中国から渡来、元禄期には品種は二百を超えるほどで、とくに巣鴨や駒込の植木屋がさかんに菊の品種改良を行っていたようだ。平明、素朴を好み、華美や虚飾を拒んだ蕉門の考えを凝縮した、十七音の短い俳論ともいえそうだ。（『其袋』）季語＝菊（秋）

9日

鶴の声菊七尺のながめかな　嵐雪

空には鶴が鳴き過ぎ、地上には七尺の菊が伸びている。「七尺」といえば、二メートルを超える。そんなひょろ長い菊があるだろうかと思ってしまうが、鶴の長い足を連想させて、不思議と両者は響き合い、奇妙ながらも清雅な雰囲気を漂わせた独特の詩的空間を現出させている。耳で捉えた「声」と目で捉えた「七尺」とで構成されているところも、この句の世界を立体的に見せている。発想のもとになっているのは、連歌で颯爽とした歌の立て方を喩えていう「五尺の菖蒲に水をかくるが如く」（『連歌至宝抄』）のフレーズ。「五尺の菖蒲」が歌の理想とするならば、奇妙な「七尺の菊」は俳諧の理想というわけだ。（『其袋』）季語＝菊（秋）

10日

琴は語る菊はうなづく籬《まがき》かな　嵐雪

「菊」の本意について『俳諧雅楽集』には「隠逸の心」とある。菊といえば、俗世を離れた悠々自適の境地を語った陶淵明の「菊を採る　東籬の下」（「飲酒二十首　其の五」）の詩句が思い出される。この句の「菊」と「籬」の組み合わせは、それに則ったもの。「琴」が出てくるのは、陶淵明が常に無弦の琴を持ち歩いて、酔ったときには撫でて心の中で音曲を楽しんだという故事に拠る。ユニークなのは、「菊」「琴」「籬」の三つの詩材の結びつけ方だ。家の中からの琴の音色に聞き入っているかのように、垣根の菊がうなずいているという、琴と菊とを擬人化した詩的な世界が作られている。（『其袋』）季語＝菊（秋）

11日

ふんばるや野分にむかふはしら売　九《きゅう》節《せつ》

思い切り足を踏ん張って、野分の吹き荒れる中を、柱売りが必死に耐えている、という句意。「野分」は秋の暴風のこと。「はしら売」とは、山から建材の柱を売りに来た樵である。よりにもよって野分のときに来るとは、なんとも間の悪い山人である。重い建材を支えてけんめいに踏ん張っているというのが滑稽だ。「ふんばるや」の出だしに覇気がこもり、野分にも負けることのない柱売りの逞しさ、強かさを伝えている。「『野分』といえば源氏物語・野分の巻を連想するのが普通であった」（乾裕幸『芭蕉歳時記』）のに対して、労働者の姿に取材することで、清新な野分の景を作り出した。（『続猿蓑』）季語＝野分（秋）

12日

にくまれてその顔くろし相撲とり　涼菟

「スター・ウォーズ」のダース・ベイダーしかり、悪役と黒という色彩は、ぴったりと結びついている。この句は、憎まれ役の相撲取が、色黒であるために、いかにもそれらしく見えるというのだ。「相撲」は秋の季語。平安時代、旧暦七月に相撲の節が行われていたことに由来する。あくまで神事ではあるのだが、庶民のあいだで、人気の力士やヒールが生まれるのは、自然なこと。色黒の力士を蔑視しているわけではない。見た目が武骨で無風流な力士に、むしろ好感を覚えている。人々が厭い、価値を否定する存在に、あえて目を向けて、新しい価値を創出するのが、俳諧師の仕事なのだ。（『砂つばめ』）季語＝相撲（秋）

13日

灰汁桶の雫やみけりきりぎりす　凡兆

「きりぎりす」はコオロギの古名。ぽとりぽとりと灰汁桶から滴る雫がいつしかやみ、今はこおろぎの鳴き声が聞こえるばかり、という句意。「灰汁桶」とは灰汁を取るための桶のこと。灰と水を入れた桶の下部にあけた穴から、灰汁が別の桶に滴り落ちるようにできている。当時灰汁は、洗剤や染色などに活用された。庶民生活に取材して、「灰汁桶」の滴の音が、こおろぎの鳴き声にも劣らない風趣を持っていることに気づいた感覚の鋭いこと！　名句と称されるのも納得の出来である。カ行の音が要所要所で句を引締め、秋の清澄な空気感を伝えている点も付言しておきたい。（『猿蓑』）季語＝きりぎりす（秋）

14日

早稲の香や伊勢の朝日は二見より　支考

ありがたい伊勢の地で、折しもあけぼのに居合わせた感動が、率直に伝わってくる。「早稲の香」を配して豊年を予感させているところは、皇室の氏神が存する「伊勢」の句にいかにもふさわしく、「浜荻」などとともに和歌で詠まれてきた「伊勢」という地名の、意外に新しい詠み口ではなかったか。同じく「早稲の香」を詠んだ「早稲の香や分け入右は有磯海」（『おくのほそ道』）について、作者の芭蕉は「若《もし》、大国に入て句をいふ時は、その心得あり」（『三冊子』）と言っている。大国にて句を作るときには、風格のある句を作るべきだと言うのだ。支考の句も、芭蕉の句に勝るとも劣らない風格を備えている。（『梟日記』）季語＝早稲（秋）

15日

稲むしろ近江の国の広さ哉　浪化

「稲むしろ」とはこの場合、稲田の平らかな広がりを莚に喩えた表現。敷かれた莚のように稲田が続く、この近江の国は、まことに広大であることよ、という句意。稲田のことをいいながら、穏やかな琵琶湖もまたイメージされるところに妙味がある。湖の平らかさと、稲田の平らかさ、その二つが手を取り合って、広々とした近江の眺めを作り出しているのだ。近江平野の風景であろうが、「国」にまで対象を広げた誇張表現によって、おおらかな土地誉めの句となった。「かな」止めもよく効いていて、風景に圧倒される作者の感動が余韻として汲み取れる。（『名月集』）季語＝稲むしろ（秋）

16日

連れのあるところへ掃くぞきりぎりす　丈草

部屋の掃除をしていて、屋内に見つけたこおろぎ。ひとりぼっちのおまえを、仲間が鳴いているところに掃き出してやるぞ、という句意。「きりぎりす」の季語につきものの恋の情趣を、諧謔に転じた句である。「きりぎりすいたくな鳴きそ秋の夜の長き思ひは我ぞまされる　藤原忠房」（『古今和歌集』）の歌に見られるような、独り身の孤独をこおろぎに重ねる詠み方を踏襲しつつ、こんなところにいたのでは逢うにも逢えないぞと揶揄うように呼びかけている。こおろぎを自分と同類と見なして共感しつつも、ホウキで掃き出すという乱暴な扱いをしているところが、作者の武骨ぶりを思わせて可笑しい。（『そこの花』）季語＝きりぎりす（秋）

17日

物の音ひとりたふるゝ案山子《かがし》かな　凡兆

前書に掲げられた「一鳥不鳴山更幽也」は、隠居生活の素晴らしさを謳った王安石の「鐘山即事」に出てくる詩句。王籍の「鳥鳴山更幽」（「入若耶渓」）の詩句をひねったもので、鳥の鳴き声のひとつとして聞こえない山はますます静けさを深める、という意味。凡兆はこれをさらに翻して、何かのはずみで案山子がばさりと倒れた音が聞こえたことで、かえって稲田のしずかさが感じられる、とした。『俳諧雅楽集』には「案山子」の本意は「人情也」とある。すなわち、王安石の詩句の鳥の声を、人間くさい「案山子」の倒れる音に転じたところがミソである。（『猿蓑』）季語＝案山子（秋）

18日

闇の夜は吉原ばかり月夜かな　其角

蕉門俳人で絵師だった破笠は、日本橋の其角のもとに嵐雪とともに居候していた若き時代を「破笠三友一被図」に描いている。破笠・其角・嵐雪の三人がひとつの炬燵布団に入っている絵で、いかにも悪友という感じ。三人で、色町にも繰り出したことだろう。この其角の句は、放埒な彼らの青春時代の記録である。暗い夜でも、ここ吉原はあかあかと灯をともし、まるで月夜のようだ、という。幸田露伴は逆に、月夜でも苦界たる吉原は暗闇だ、と読み解く（『評釈芭蕉七部集』）。素直に、前者の解で良いだろう。蝙蝠か蛾のように、光を求めてがむしゃらに吉原にやってくる者たちが、滑稽かつ哀れだ。（『武蔵曲』）季語＝月夜（秋）

19日

月ひとり家婦が情《なさけ》のちろり哉　杉風

「月ひとり」には、月がひとりぼっちで空に在る、という意味と、月に対して自分がひとりでいる、という意味が掛けられている。「ちろり」は、酒をあたためる筒型の金属器。ひとりきりの月を見上げている自分もひとりきり、そんな孤独の慰みに、妻がちろりであたためた酒を持ってきてくれた、というのだ。『閑吟集』におさめられた小唄「世の中は　ちろりに過ぐる　ちろりちろり」は、人生はあっという間に過ぎていくという無常の真理を、調子よく謳いあげたもの。杉風の句も、「ひとり」と「ちろり」の音の重なりが、まるで小唄のように軽妙だ。（『虚栗』）季語＝月（秋）

20日

猪の寝に行く方や明の月　去来

猪が山へ帰っていくその行く先に、有明月がかかっている、という情景。この句については、「明けぬとて野辺より山に入る鹿の跡吹きおくる萩の下風　左衛門督通光」（『新古今和歌集』）などと詠まれた「夜興引」の情景を、一歩も抜け出ていないと、芭蕉から指摘を受けている（『去来抄』）。「夜興引」とは、獣が朝、山へ帰っていく時を狙う明け方の狩りのこと。俳諧で和歌を踏まえる場合には、「一しほ風勢（風情）も情もせめ上」（浪化宛去来書簡）げる必要があるにもかかわらず、通光の歌に何の新しみも加えていないのだ。伝統を踏まえつつ、少しでも新しみを探る。俳句に携わる者に突きつけられる課題である。（『去来抄』）季語＝月（秋）

21日

岩鼻やここにもひとり月の客　去来

名月に誘われてさまよい出たところ、岩頭で月見をする風流人を見つけて、自分と同じだと嬉しくなった――つまり、「月の客」は他人だというのが、作者である去来の意図だった（『去来抄』）。だが、師の芭蕉は、「月の客」は自分自身の事として、月に向かって「ここにもあなたに魅せられた風流人がいますよ」と名乗りを上げていると解した方が良いとした。作者よりも読者のほうが、深く句を理解していることもあるのだ。危うい岩頭にあえてのぼり、月に名乗りをあげているクレージーな人物を、自分自身とするのは勇気のいることだろう。しかし、その勇気を振り絞る者こそが、俳人と名乗るに値するのだ。（『去来抄』）季語＝月（秋）

22日

十五から酒をのみ出てけふの月　其角

十五歳から酒を呑み始めて、今日の名月の夜にも呑みあかしている、というのだ。『五元集』の前書によれば、白楽天「琵琶行」に想を得た句だという。「琵琶行」は、都から遠く左遷された白楽天が、落魄の妓女と出会い、その境遇に自らを重ねて嘆じる長篇の詩。船の上で妙なる琵琶の音を披露した女は「十三にして　琵琶を学び得て成り　名は　教坊《きょうぼう》の第一部に属す」と、琵琶の名手であった来歴を語り出す。其角は、十三歳から琵琶を学んで究めた「琵琶行」の女・曹保に対して、無風流な自分が十五歳から習ったのは酒の一芸だけだと応じた。なお、「十五」と「十五夜」とを掛けているのは、ご愛敬。（『浮世の北』）季語＝今日の月（秋）

23日

初《はつ》潮《しお》や鳴門の浪の飛脚舟　凡兆

「初潮」は、陰暦八月十五日の潮。名月の頃、最も潮が高くなる。高潮に乗じて、渦潮が荒ぶる鳴門の海峡を、一艘の飛脚舟が颯爽と渡っていく。飛脚舟は、火急の知らせを運ぶ舟。動詞を一切使っていないのにもかかわらず、波の荒々しさや、飛脚舟の速さが伝わってくる技は、特筆に値する。注目するべきは、その韻律。「はつしお」とア音にはじまり、「鳴門」「浪」と「な」を重ねたことで力強い調べとなっている。また、「初潮」「鳴門」「浪」と短い名詞をテンポよく畳みかけた上で、最後は「飛脚舟」の硬質な響きの五音が引き締めている。名月、渦潮、飛脚舟から成る、理想美の世界が創造されている。（『猿蓑』）**季語＝初潮（秋）**

24日

名月や畳の上に松の影　其角

見事な名月。その光に照らされた松が、畳の上に鮮やかな影を投げかけている、という句意。どこにも派手な言葉はないが、十五夜の月の清らかさがしみじみと伝わってくる。上五を「や」で切り、中七下五の最後を体言止めする文体を、藤田湘子は俳句の典型的な「型」と位置づけた（『20週俳句入門』）。この句は、まさに「型」のもたらす安定性を実証する良いサンプルといえる。ちょっとした助詞の差であるが、「畳の上の松の影」と「畳の上に松の影」とを比べてみると、「に」としたほうが、風景に直面したときにハッと心を奪われる感じが、くきやかに再現されていることに気づく。（『雑談集』）**季語＝名月（秋）**

25日

一《ひと》雨《あめ》の間《ま》にいざようて仕《し》舞《まい》けり　丈草

十五夜の翌日は、月の出が三十分程遅くなる。それを「いざよふ」（さまよう、ぐずぐずするの意味）と見たところから「十六夜」の語が生まれた。「山の端にいさよふ月を出むかと待ちつつ居るに夜ぞ更けにける」（『万葉集』）にあるように月の出を待ち侘びるというのが、この季語の伝統的本意。丈草は、十六夜の月が出てくるのを待っていたが、さっと一雨降る間にすでに月は出てしまっていて、「いざよひ」の趣を充分に味わうことができなかったと悔やんでいる。十五夜ばかりか、十六夜の月のもどかしさまでもたっぷり味わいたいというのは、風狂者の感慨に他ならない。（『幻の庵』）季語＝十六夜（秋）

26日

四《よ》方《も》の秋食《めし》くふ跡の煙草哉　乙州

新年の喜びを表す「四方の春」という語は古くからあるが、「四方の秋」は乙州の造語である。本来、凋落の季節である秋は、憂愁の情を含むが、ここでは秋にも新年に匹敵する喜び――すなわち、収穫のめでたさがあることを発見した。「四方の春」は観念的であるが、「四方の秋」は一面に広がる稲田を思わせ、具体的であるところも、この造語のミソ。腹いっぱい新米を食べ、そのあとには若煙草を吸い、言うことなし、という句である。煙草は室町時代末期にポルトガル人から伝えられ、すでに江戸時代初期には一般庶民にまで浸透していた。当時は、細かく刻んだ葉を煙管で吸っていたそうだ。（『孤松』）季語＝秋（秋）

27日

はぜつるや水《すい》村《そん》山《さん》郭《かく》酒《しゅ》旗《きの》風《かぜ》　嵐雪

鯊釣に格好の秋日和、水辺の村や山の麓の村には、居酒屋の旗がたなびいている、というのだ。杜牧の「千里鶯啼いて緑　紅に映ず　水村山郭　酒旗の風」(「江南春絶句」)における春の長閑な風景を、「鯊釣」で秋に転じた。『本朝食鑑』によれば、江戸の芝江、浅草川、中川、小松川などでよく鯊が獲れたという。一方、「江南」とは、揚子江下流の江南地域をさす。つまり、揚子江の風景を、「はぜつるや」で江戸の川べりの風景に置き換えたのが真骨頂。自分の生活圏にも、杜牧の揚子江に勝るとも劣らない趣ある風景があるのだと訴えつつ、鶯でも花でもなく、鯊という卑俗なものを出してきたのが俳諧だ。(『虚栗』) 季語＝鯊釣(秋)

28日

雲の根を押して出づるや渡り鳥　浪化

「雲の根」は、雲が生じるところという意味で、山の高みを指す。この句の場合、実際に山の上に雲も出ているのだろう。その雲の中から、渡り鳥の大群が姿を見せたのである。「押して出づる」と力強く表したところに注目したい。『俳諧雅楽集』には「渡り鳥」の本意について「空をおほふ心」とある。空を覆い尽くしてしまうほどの迫力に、「押して出づる」の語勢がよく合っている。さて『俳諧雅楽集』には「海上に見る姿などよし」とも書かれている。山上の雲から出てきた鳥たちの群れが、海の上に抜け出たのだと見れば、いっそうダイナミックな叙景句として味わえる。(『渡鳥集』) 季語＝渡り鳥(秋)

29日

駒買に出迎ふ野辺の芒かな

野《や》明《めい》

二通りの解釈があることが『去来抄』で言われている。一つは馬を買うために野辺の市に出かけた先で芒が出迎えてくれた、というもの。もう一つは、出迎えてくれたのはあくまで人で、その野辺に芒があったというもの。野明の意図したのは前者であり、そう聞いた去来は、彼の上達を喜んだという。去来が喜んだのは、芒が出迎えたという擬人法を用いた面白さがあるためで、それを「俳意」と呼んでいる。「芒」が風になびく様を人を招く手に喩えるというのは常識。ここでは、「駒買」の場面にしたことで、芒までもが「いらっしゃいませ」とばかりに商売に加担して客を招いているような可笑しみが出た。（『有磯海』）季語＝芒（秋）

30日

紫の花の乱れやとりかぶと

惟然

「鳥兜」は強力な毒草で、現代に至っても解毒の術は見つかっていない。ギリシャ神話においては、英雄のヘラクレスによって捕えられた地獄の番犬ケルベロスの涎から生まれたと語られる。古来怖れられてきた花だが、濃い紫の花は美しく、毒を秘めているとはちょっと信じられないほどだ。惟然の句は、強い風で鳥兜が吹き荒らされているのだろう。「乱れ」には、毒に侵された人の苦悶の表情も浮かんでくる。近代的な写生句のようにも見えるが、見えているもののみを書く写生とは違い、俳諧では、言葉の力で見えていないものもあぶり出す。この句はごく自然なかたちで虚と実とが融合されている。（『鳶獅子集』）季語＝鳥兜（秋）

十月

1日

蔦の葉や残らず動く秋の風　荷兮

秋風が吹き、木に絡みついた蔦の紅葉が一斉に動く、という句意。芭蕉に「発句は斯のごとく、くまぐ〳〵までいひつくすものにあらず」と批判されたことが『去来抄』に見られる。秋風によって連なった蔦紅葉がのきなみカサカサと動いたというのは、言い尽くしてしまっていて、余情に欠けるということだ。たとえば、「風」の語を略したり、あるいは、「動く」の語を削ったりできれば、余韻余情がそこに生まれるかもしれない。秋風と蔦の関係は、古歌でも詠まれており、さほど新しみはない。この句は、風で吹き上げられる躍動的な蔦の姿を捉えたのが手柄である。（『続猿蓑』）季語＝蔦・秋の風（秋）

2日

柿ぬしや梢はちかきあらし山　去来

「自題落柿舎」と前書がある。嵯峨野の別宅を去来は「落柿舎」と名付けた。柿の木が四十本も植えられていて、それに目を付けた商人に実を売る約束をしていたが、ある夜の嵐で柿が全て落ちてしまい、代金をすべて返した、という逸話が由来となっている。「柿ぬし」は柿の持ち主という意味で、去来自身を指す。威風ある語感ながら、所詮は庶民的な「柿」であるところが可笑しい。嵐山といえば、何をさておいても、紅葉の名所。そこに「柿」を加えたのが手柄である。「梢にちかきあらし山」ではなく「梢はちかきあらし山」であることで、ちかぢかと迫ってくる「あらし山」の存在感が強調された。（『猿蓑』）季語＝柿（秋）

3日

追ひあげて尾上《おのえ》に聞《きか》む鹿の声　北枝

「尾上」とは山の高いところ。山から聞こえてくる交尾期の鹿の声を「哀也」（『俳諧雅楽集』）と聞きとめてきた和歌の伝統は、俳諧にも受け継がれている。この句では、高くから聞こえる鹿の幽遠な声を聞きたいばかりに、鹿をわざわざ山の高い方へ追いやっているところに、風狂ぶりが露呈している。おのずから聞こえてくるから風流なのであって、わざと演出しようとしては無風流の極みであるが、それは百も承知。そういう馬鹿なふるまいを仕出かしそうな自分自身を風刺しているのだ。「追ひあげて」と「尾上」のさりげない頭韻が作り出すリズムが、鹿の声を聞く楽しさをも感じさせる。（『白陀羅尼』）季語＝鹿（秋）

4日

鶏頭の昼をうつすやぬり枕　丈草

尾張蕉門の素覧を訪ねた際の挨拶句。「ぬり枕」は、漆塗の枕のこと。素覧が愛好した「鶏頭」と、もてなしに出してくれた「ぬり枕」とを詠み込んだ、挨拶の句である。しかし、鶏頭の濃厚な赤さが、つやつやとした塗枕に映っているという景には、単なる挨拶を超えた、映像的な魅力がある。「鶏頭」を映すのではなく、「鶏頭の昼」を映していると表現したのも巧い。鶏頭の咲いている庭全体の華やいだ雰囲気や、秋晴れの空、そして穏やかな時間の流れまでもが詠みこまれた一句となっている。（『東華集』）季語＝鶏頭（秋）

5日

野の露によごれし足を洗けり　杉風

元禄二年中秋、友人と隅田川沿いに遊んだ折の句。草葉に結んですぐに消えてしまう「露」の伝統的な本意は、なんといっても無常の思いにあり、『俳諧雅楽集』にも「哀なるこゝろ消安き心」とあるとおり、それは俳諧においても変わらなかった。杉風の句では、野遊びの足を汚すものとして、実感に即した「露」が詠まれている。たとえば百人一首で有名な「秋の田のかりほの庵の苫をあらみ我が衣手は露に濡れつつ　天智天皇」の歌のように「露に濡れる」という表現は多々あるが、「露に汚れる」といったのは新しい。（『角田川紀行』）季語＝露（秋）

6日

人に似て猿も手を組《くむ》秋のかぜ　洒堂

秋風に猿が寒そうに肩をちぢこませている姿は、人間そっくりだ、という句意。秋も深まり、秋風の冷たさが身に染みるようになってきた頃の景だ。『猿蓑』の巻名の由来ともなった芭蕉の「初時雨猿も小蓑を欲しげなり」と同想であり、師弟の唱和を試みたもの。猿が実際に手を組んでいるところはあまり見たことがないが、ちょっと屈みこむような動作をしていたのを、人間に似ていると誇張して捉えたものと考えればよいだろう。秋風の寒さに耐えるときには、人も猿も変わらない。同じく、不格好な姿をして、やりすごそうとする。人間を万物の霊長と見做す思想は、この句とは無縁だ。（『猿蓑』）季語＝秋の風（秋）

7日

おもしろう松笠燃えよ薄月夜　土芳

「翁を茅舎に宿して」と前書。秋冷の候に訪ねてきてくれた師のため、松笠を燃やして暖を取っている。充分な馳走も出せないが、せめて薄月夜にふさわしい風趣ある燃え方を見せることでもてなしとしたい、というのだ。実際に芭蕉が土芳の庵に泊まったのは貞享五年三月十一日の春の事で、初案は「おもしろう松笠燃えよおぼろ月」であった。『猿蓑』入集にあたり、春の「おぼろ月」から秋の「薄月夜」に季語を変えたわけだが、的確な推敲である。「おぼろ月」の艶美な情趣が足されると、一句の主題がぼやけてしまう。「薄月夜」にしたことで、主題であるところの、松笠の炎の鄙びた風情が引き立った。（『猿蓑』）季語＝薄月夜（秋）

8日

静かなり紅葉の中の松の色　越人

楓や桜の葉が赤く染まる頃に、あえて松の緑に着目して、その静かなたたずまいを愛でているのだ。「紅葉」の本意は「もの、際たつ姿」と『俳諧雅楽集』にある。燃え上がるような紅葉の色は主張が強いが、そんな中でもわれ関せずとばかりに松がみずからの色を貫いているという図式には、寓意も感じられる。騒がしい世間を「紅葉」に、世間の中にあってまわりに流されないでいる風雅人を「松」に託したとも読めるのだ。「静かなり」は、ただ無音というよりも、より深い意味を持っている。俗世に流されないで、自身の美意識に従って生きる強靭な心のありようを、「静かなり」の語に込めた。（『庭竈集』）季語＝紅葉（秋）

9日

気のつまる世やさだまりて岩に蔦　其角

浮世は気がつまる。岩にしっかりとくっついて、自由気ままに伸びていくことができる蔦が、なんともうらやましい、といった句意。「蔦」の本意の「執心の深き心」（『俳諧雅楽集』）とは、定家の恋心が蔦葛と化して、式子内親王の墓に取りついたという伝説に拠る。そうした本意を踏まえれば、執心あるがゆえに「気のつまる世」となるようにも思えるが、其角はむしろ逆のことを言っている。執するものがあるから自由にできるのであって、根無し草のような暮らしでは、かえってあくせくしてままならない。遊興に身を費やした其角が、定まった相手のいる恋に、ふと憧れたということなのだろう。（『志津屋敷』）季語＝蔦（秋）

10日

砧《きぬた》にも打たれぬ袖の哀れなり　路通

布地の艶を出したり、柔らかくしたりするため、板に延べて槌で打つことを「砧打つ」という。冬支度として作業するので、晩秋の季語となっている。路通の句では「砧にも打たれぬ」と否定形でこの季語を用いている点が注目される。「砧にも打たれぬ袖」とはつまり、着の身着のままで旅をしているということ。砧を打つ音の哀れさは古歌より詠まれてきたが、あちこちをふらふらと歩きまわって住まいの定まらない自分の服の袖は、砧にも打たれないでぼろぼろになっているから、よけいに哀れである、という句意。「砧」の季語の力を借りて、漂泊の旅人である自らの境遇を表明した。（『松のなみ』）季語＝砧打つ（秋）

11日

気みじかし夜ながし老の物狂ひ　支考

「秋夜吟」と前書。享保十五年九月、六十六歳の感慨である。夜は長くなってきたというのに、老いて気は短くなる一方で、思考も行動も、異常で滑稽なことばかり、という句意。「みじかし」「ながし」の対義語を投げ入れた「気みじかし夜ながし」のフレーズが軽快で、一句の印象はむしろ軽妙とすら言える。おどけやふざけの色が濃いのだ。『連歌至宝抄』には「秋の夜長きにも、いよいよ飽かぬ人も候へども、暁の寝覚に心を澄まし、来しかた行く末のことなど思ひつづけ、明かしかねたるさま、尤もに候」とあり、秋の夜長にあれこれ物を思う伝統はあったわけだが、「老の物狂ひ」とまで過激化したのが面白い。（『文星観』）季語＝夜長（秋）

12日

分限者《ぶげんしゃ》に成たくば。秋の夕昏をも捨てよ　其角

『田舎之句合』は漢詩の世界や文体を踏襲することで旧来の俳諧からの脱却を試みたもの。金持ちになりたいのなら、秋の夕暮に感じ入るような風流心は捨てろ、という句意。なるほど秋の夕暮にしみじみとしている余裕があるなら、一銭でも多く稼ぐために奮励した方が良い。しかし、ここには当然「いや、捨てられるわけがない」「分限者など願い下げだ」という反語的なニュアンスがあり、功利主義の世俗に背を向ける風流人としての覚悟の表明ととるべき。（『田舎之句合』）季語＝秋の夕暮（秋）

13日

御命講《おめいこ》やあたまの青き新比丘尼　許六

御命講は十月十三日、日蓮の忌日を修して法華宗の寺で催される法会。江戸後期の資料になるが「法会の間、一宗の寺院仏壇をかがやかし、造花を挿し、荘厳目を驚かしむ」(『東都歳事記』)というにぎやかさであったという。許六の句では、そのにぎわいの中に、剃りたてで頭の青い、若い比丘尼がいるというのだ。「あたまの青き」から「しをり」が感じられるか否かについて、弟子たちに意見の相違があったと『去来抄』に伝えられる。「しをり」とは、赤羽学によれば伝統的「あはれ」の俳諧的表現。「青」の色彩を通して、若くして出家した彼女の人生の哀憐を言外に伝えている点、よく練れた表現といえる。(『韻塞』)季語＝御命講（冬）

14日

夕ぐれは鐘をちからや寺の秋　風《ふう》国《こく》

季節は秋、時刻は夕べ、場所は山寺という、いかにも淋しさを感じさせる状況だったのにもかかわらず、間近で聞いたために、鐘の音を淋しいとは感じなかった。そこで「晩鐘の淋しくもなし」という句を作ったのだが、去来に「一己の私なり」と批判されて、今の句にあらためたという。「一己の私なり」とは、自分勝手な詠み方だということ。淋しくないと言ってしまうと、秋の伝統的な本意を失うことになる。この句形であれば、鐘の声を聞くことで淋しさが慰められたという内容になり、前提としての淋しさは保たれるわけだ。本意と実感・実情をいかにすり合わせていくかのヒントがここにある。(『去来抄』)季語＝秋（秋）

15日

秋のくれいよ〳〵かるくなる身かな　荷兮

年を重ねると、秋の暮の淋しさもなんのその、心身共にどんどん軽やかになっていくことだ、という句意。『山の井』には「秋の暮は、野原の虫けらも声しはがれ、山の紅葉も枝ばかりと見え、庭の女郎花は霜の白髪をいただき、籬に残る翁草は、いとど頭も得もたげず、よろづ衰へたるていたらく」とあり、「秋の暮」には老衰のイメージが纏わるのだが、荷兮の句では老衰をポジティブに捉えているのが意表を衝く。若い頃には、「秋の暮」に触発されてあれこれ思い悩んだのだが、老いるに従って、全ては衰えゆくものと弁えてからは、かえって解き放たれてはればれと秋を送れるようになったのだ。（『炭俵』）季語＝秋の暮（秋）

16日

禅寺の松の落葉や神無月　凡兆

「神無月」は、旧暦十月の古称。出雲大社に各地の神社の神様が集まるため、神のいない月となる。室町時代後期の連歌師・山崎宗鑑の「風寒し破れ障子の神無月」は「神」と「紙」を掛けた作りで、「神無月」という言葉の面白さをうまく生かしている。凡兆の句はしかし、言葉遊びには走らないで、初冬の景物を通して「神無月」を詠んでいる。よく掃き清められた白砂の上に、松の落葉がぱらぱらとこぼれているという景だ。さして人の目を引くこともない松の落葉のよき舞台として、神無月の禅寺を用意した、という感じ。静かな禅寺だからこそ、松の落葉に関心を向ける心の落ち着きを得られるのだ。（『猿蓑』）季語＝神無月（冬）

17日

来ぬ殿を唐黍高し見おろさん　荷兮

「待恋」と前書。訪ねてこないあの方をひたすらに待っている。遠くまで見渡せたら、いままさに来つつあるところが見えるかもしれないのに、高く実った唐黍が邪魔だ。高いところから見下ろすことができればよいのに、という句意。恋するふたりの妨げとして、にょきにょきと伸びた唐黍が出てくるのが面白い。和歌から現代の歌謡曲まで、男を待つ女の心情は、普遍的な詩歌のテーマである。「唐黍」という食用の植物を通して、恋する乙女の切ない感情を表現した本作は、その俳諧バージョンといったところ。荷兮は男であるが、女の気持ちになって作ったわけである。（『春の日』）季語＝唐黍（秋）

18日

夜寒さや舟の底する砂の音　北枝

自分が舟に乗っているというより、海辺に泊まっていて、外から聞こえてくる舟の音を詠んだものだろう。浅いところを舟が通っていくときに発する、木と砂の擦れる音は、たしかに寒々しく、「夜寒」の感をいよいよかきたてる。「夜寒」という、身体感覚の季語を、聴覚によって捉えたところに工夫がある。静かという言葉を使っていないにもかかわらず、秋の夜の静かさが感じられてくるのは、「砂の音」を出しているからにほかならない。かすかな「砂の音」が聞こえてくるほどに、あたりは静まり返っているのだ。芭蕉や蕉門俳人には、音の秀句が多い。（『後れ馳』）季語＝夜寒（秋）

10月

19日

別る丶や柿喰ひながら坂の上　惟然

『惟然坊句集』の前書によれば、師である芭蕉と別れる際に詠んだとされているが、それを踏まえなくても、「柿」を齧りながらだということで、気心の知れた二人の別れであるとわかる。場所が見晴らしの良い「坂の上」であるのが、爽やかだ。仮に「坂の上柿喰ひながら別れけり」と改悪してみれば、出鼻の「別る丶や」の調子の良さが、いかに効果的かと気づく。季節は秋、主題は別離とくれば、もっと淋しい感じに設えるのが常道であるはず。別れの淋しさを知り尽くしている者同士だからこそ、あえて明るく、あっけらかんと別れたのであろう。（『続猿蓑』）季語＝柿（秋）

20日

ものいへばふたりの様なあきの暮　土芳

ひとりごとを呟けば、まるで誰かと話しているような気分になる。それほどに、「あきの暮」の淋しさが極まっている、というのだ。自由律俳人の尾崎放哉の「咳をしても一人」よりも、さらに淋しい句ではないだろうか。土芳の句では、「一人」でいることが当たり前になって、ついにはまぼろしの友を作り出してしまったのだから。だが、ここまで淋しさが極まると、不思議と穏やかな境地に達するというのが面白い。心の中に友がいれば、それでじゅうぶんという感もある。秋の暮の淋しさに逆らうのではなく、どっぷり浸かってしまうという処し方もあるのだ。終世妻帯することのなかった土芳の句である。（『蓑虫庵集』）季語＝秋の暮（秋）

21日

暮れかかる村のわめきや後の月　野坡

かつては中秋の名月と、その一か月後の「後の月」を、ともに祀るのが慣例だった。「後の月」は満月ではなく、その二日前の、少し欠けた月を愛でる。名月のはなやぎとは違う、晩秋のどこか寂びれた雰囲気を味わうのである。その秋最後の月を、しんみりと眺めるというのが十三夜のあるべき態度だった。しかし、野坡の句では、後の月が輝く黄昏どき、村で何か喚く声が聞こえたというのが、意表を衝く。月見の宴で盛り上がっているのだろうか。あるいは、喧嘩でも起こったのか。村そのものが、闇に沈みながら、声なき声を張り上げているようにも思える。どことなく不穏な雰囲気の漂う句である。（『裸麦』）季語＝後の月（秋）

22日

狼のこの比はやる晩稲《おくて》かな　支考

日本狼は明治三十八年、奈良県の吉野村で発見されたのを最後に、絶滅した。かつては支考の句にあるように、農村を荒らしにくる害獣として、全国各地で猛威を振るっていたのだ。「晩稲」は、早稲・中稲よりも遅く成熟する品種の稲。冬が近くなり、山の餌が乏しくなって、狼が人里近くまで出張るようになったのである。狼は、もっと冬の深まるころに現れるものだが、今年は例年よりも早く出てきてしまったのだ。収穫の作業も、どこかびくびくしながら取り組まなくてはならない。「この比はやる」は、地元の人々の口吻そのままを取ったかのようで、鄙びた農村の様子がいきいきと浮かんでくる。（『有磯海』）季語＝晩稲（秋）

23日

鶸《ひわ》渡る空や寺子の起き時分　浪化

鶸が鳴いて空を行く早朝、そろそろ寺の小僧たちも起き出す頃だ、という句意。鶸は雀よりもひとまわり小さく、尾羽の黄色がよく目立つ鳥。「寺子」は、一般には寺子屋に通う子供の事だが、ここでは寺入りした子供をいう。浪化は、越中井波の瑞泉寺の住職だった。爽やかな寺の朝を描き出していて、隙がない。「空」の一語がよく効いていて、生きとし生けるものを包みこむ大きな秋空を感じさせる。「寺子」たちへの深い慈愛の心が伝わってくるのも、「空」のおおらかさゆえだろう。もちろん、可愛らしい「鶸」の季語の力が作用していることは、いうまでもない。（『浪化上人発句集』）季語＝鶸（秋）

24日

日あたりにせゝくりなかすうづら哉　正秀

「せせくる」とは、突くということ。日当たりの良い縁先で、籠の鶉を突ついて鳴かせているというのだ。「鶉」は、『俳諧雅楽集』にその本意を「あはれ也　夕日の気色　夜明の姿もよし」と書かれているのは、鶉を秋の景物として定着させた名歌「夕されば野べの秋風身にしみて鶉鳴くなり深草の里　藤原俊成」（『千載和歌集』）の影響だろう。正秀の句では、「日あたりに」とあるから、「夕日」でも「夜明」でもない時間の鶉を詠んだところに、新しみがある。だがそれ以上に、身にしみて秋の「あはれ」をかきたてる鶉を、遊び心のままに突いて鳴かせているという、大胆な本意の裏切りを楽しみたい。（『有磯海』）季語＝鶉（秋）

25日

はてもなく瀬の鳴る音や秋黴雨《ついり》　史邦

さきほどから、瀬音がえんえんと鳴り響いている。秋の長雨で水量を増した川の音は、永遠に続くかと思うほどに止むことがない、というのである。瀬音ばかりではなく、ものを思う心もまた、「はてもなく」時間を蝕むのである。「秋黴雨」はあまり作例のない季語であるが、秋の長雨だからこそ、「はてもなく」に心理的な陰影が重なり、奥深くなる。秋の川音を詠んだ句では、「秋立つや川瀬にまじる風の音　飯田蛇笏」（『山盧集』昭和七年刊）も名吟であるが、清爽の感のある蛇笏の句に比べてみると、ひたすら瀬音に沈潜していくような史邦の句は、陰鬱の気配が濃厚だ。（『猿蓑』）季語＝秋黴雨（秋）

26日

僧正のいもとの小屋のきぬたかな　尚白

高名な僧正の妹が住んでいるという粗末な小屋から、砧の音が聞こえてくる、という句意。『類船集』に「僧正」の付合語として「花山・良峰・遍照」とあるとおり、「僧正」といえば平安初期の歌仙・遍照を指す。砧といえば、貧家を思うのだが、高名な僧正の妹がどうしてそうした境遇に陥っているのか。打っている衣は、僧正に送るものなのか。落魄の雰囲気の中にも、ひとすじ漂う高貴の気に魅かれる。「砧」について『俳諧雅楽集』に「孀《やもめ》の体などあはれなるべし」とあるのは、李白の「子夜呉歌」（夫を遠征に行かせた妻の歌）の影響だろうが、ここでは孀ではなく、「いもと」としたのも目を引く。（『猿蓑』）季語＝砧（秋）

27日

君がてもまじる成べしはな薄　去来

花薄の中には、見送ってくれていた君の手もまじっているだろう、という句意。風になびく芒を、人を招くさまに見立てる発想は「秋の野の草のたもとか花薄ほに出でてまねく袖と見ゆらむ　在原棟梁」（『古今和歌集』）などすでに多く詠まれてきたが、それを「君がて」「まじる」と即物的に捉え直したところに手柄がある。『猿蓑』には前書として「つくしよりかへりけるに、ひみといふ山にて卯七に別て」とある。元禄二年の秋、去来が郷里の長崎から京へ戻るにあたって、同じ蕉門の俳人で親類関係にあった卯七が、日見峠まで見送ってくれた時の感慨を詠んだもの。（『猿蓑』）季語＝花薄（秋）

28日

腸《はらわた》に秋のしみたる熟柿かな　支考

熟柿を食うと、腹の底まで秋の実感がしみわたっていく、という句意。「夕されば野べの秋風身にしみて鶉鳴くなり深草の里　藤原俊成」（『千載和歌集』）における「身にしむ」とはがらりと変わった趣向だ。ただ旨い、甘いというのではなく、晩秋の感慨もしみとおっていくのだ。修善寺療養中の夏目漱石に「腸に春滴るや粥の味」（明治四十三年作）という句があるが、漱石は支考の句を知っていたかどうか。吐血後に粥を啜り、その旨さに感じ入ったのは実際には九月だったようだが、「秋滴るや」では回復の句にはならない。漱石の句には春の、そして支考の句には秋の、それぞれ動かない必然がある。（『梟日記』）季語＝熟柿（秋）

29日

帰り来る魚のすみかや崩れ簗《やな》　丈草

秋、産卵を終えて川を下って来る魚をとる仕掛けが「下り簗」である。「下り簗」が季節を過ぎて、秋の終わりまで残ったものが「崩れ簗」で、沈みかけたり、竹が外れたりしている無惨な様子を詠む。丈草の句では、魚を獲る仕掛けであったはずの簗が、打ち捨てられて魚たちの棲家になっているというのが、アイロニカルだ。ただし、そのまなざしには冷たさだけではなく、あたたかみもある。丈草は若い頃に遁世して、庵での隠棲に徹した人生を送った。「崩れ簗」にはみずからの粗末な庵を、そしてそこにつかの間寄り添う魚どもには、自分自身を投影していたのではないか。（『韻塞』）季語＝崩れ簗（秋）

30日

声かれて猿の歯白し峰の月　其角

謝観の「巴峡秋深し、五夜の哀猿月に叫ぶ」（『和漢朗詠集』雑部「猿」）を意識しつつ、月に叫ぶ猿を、「歯」の白さに焦点を当てて、生々しく描き出したのがこの句の手柄である。漢詩の世界で美化された猿ではなく、獣としての猿が感じられて、迫力がある。『句兄弟』は、古人の句を「兄」として換骨奪胎し、其角が「弟」の句を詠んでゆくという趣向だが、最後の三十九番のみ、其角の「声かれて」の句を「兄」として、芭蕉の「塩鯛の歯ぐきも寒し魚の店」が「弟」となっている。「寒し」の句と番わせられていることからわかるように、其角の句の月は、冬に近い時期の月をイメージするべきだろう。（『句兄弟』）季語＝月（秋）

31日

雁がねもしづかに聞ばからびずや　越人

「深川の夜」と前書。越人は『更科紀行』の旅を芭蕉と共にしたあと、そのまま深川の芭蕉庵に至った。雁は古くから和歌にも詠まれているが、実際の鳴き声は意外にけたたましく、それほど風雅とは言い難い。しかし、深川の夜に聞く雁の声は、味わい深い。それも、和歌に詠まれた風雅な鳴き声とは別種の趣——すなわち、からびた趣を持っているではないか、という句意。からびとは、枯淡のこと。和歌的な虚構とも、現実《リアル》とも異なる、俳諧独自の「雁がね」の美的価値を見出した。ひいては、みずからを俳諧師の心にしてくれた、芭蕉庵の閑寂を讃え、そのあるじである芭蕉への挨拶とした。（『あら野』）季語＝雁（秋）

十一月

1日

雁の行《つら》くづれかゝるや瀬田の橋　北枝

すがた正しく飛んでいた雁の列が、瀬田の唐橋のあたりでふいに乱れた、というのである。「瀬田の橋」は今の滋賀県大津市にあり、琵琶湖から瀬田川に流れ出るところに掛かった橋。近江国の歌枕であり、『歌枕歌ことば辞典』によれば「『渡す』『渡る』『踏む』などの縁語を用いた叙景的な歌が多かった」。北枝の句も、「瀬田の橋」を題材にした和歌の延長線上にあるわけだが、なんといっても、「くづれかゝるや」という雁の一瞬の動きを捉えたところに見どころがある。落雁といった風ではなく、なにかに怯えてばらばらと散った感じで、いかにも俳諧らしい捉え方である。（『韻塞』）**季語＝雁（秋）**

2日

松の葉の地に立ちならぶ秋の雨　丈草

するどい松の葉が、地の上に幾本も刺さっている。折しもそこに秋の雨が降っている、という情景である。普通の土では、さすがの松の葉でも立つに及ばないから、地の苔の上に刺さっているのだろう。蕉門ではイメージのはっきりした「景気」の句を重視したが、これはその典型である。雨の中では、散った木の葉は濡れて地にへばりつくばかりだが、松の葉はぴんと立っている。その違いに目を留めた。秋らしい自然の相を純然と切り取った句とみてもよい。過ぎていく秋の景色をまのあたりにして、どうしようもない虚しさを覚えた作者の感慨が託された句とも取れる。（『後れ馳』）**季語＝秋の雨（秋）**

3日

松風に新酒を澄《すま》す山路かな　支考

「松風」は松の梢を吹く風、つまり松籟のこと。謡曲「松風」が須磨の浦を舞台としているように、松風といえば海辺の松のイメージだが、この句が山路の松としているのは、新しい切り口といえる。山路をやってきたある農村では、松風が吹く中に新酒が醸され、澄みわたっていく最中である、という句意。松の香りが、新酒に加わって、いかにも旨そうだ。『滑稽雑談』には新酒について「俳諧に限れる詞なり。歌・連歌に沙汰なきなり」と記されている。歌語の「松風」と俗語の「新酒」の出合いが、文字通り思わぬ〝旨味〟を生んだようだ。（『笈日記』）季語＝新酒（秋）

4日

行く秋や三十日《みそか》の水に星の照り　園女

翌日は新月となるから、三十日にはほとんど月の光がない。そのぶん、星が思うさま光を放つ。いわゆる「星月夜」を詠んだのが、園女の句だ。紅葉も散り、草花も衰える「行く秋」に、夜の星のにぎわしさを詠んだのが清新である。〝光害〟によって、数えるほどの星しか見えなくなった時代の変化を、闇に深い関心を持つアメリカの作家・ポール・ボガードは「星月夜から街灯へ」と表現した（上原直子訳『本当の夜をさがして』平成二十八年刊）。江戸時代初期に生きた園女が、夜空を仰いでいたときに見えていたものの尊さが、こうして鮮やかな十七音に封じられたことを、せめてもの救いと思わねばなるまい。（『菊の塵』）季語＝行く秋（秋）

5日

行く秋や梢に掛かるかんな屑　丈草

歌論書の『初学一葉』は「行く秋」の本意を「野辺には千種も移ろひかかる心」「山には紅葉のかつ散る気色」に見ている。野の草花や、山の紅葉の散るさまに、去りゆく秋の情趣はあるのだ。ところが、丈草が「行く秋」らしい景として選んできたのは「梢に掛かるかんな屑」と、なんとも人間くさい。「梢」を示して、さりげなく「紅葉のかつ散る」さまを連想させつつ、冬支度のために木を削っている農家の場面を出してきたところが巧い。高い梢にまでかんな屑が振りかかっているということで、熱のこもった大工仕事が思われ、「行く秋」らしからぬどこか飄逸な味わいがある。（『白馬』）季語＝行く秋（秋）

6日

十月や余所へもゆかず人も来ず　尚白

旧暦では十月は初冬。次第に寒さを覚える折に出かけるのが面倒なのは、みんな同じのようで、自身も出かけなければ、誰かが訪ねてくることもない、という句意。否定形を二度重ねて、空白の時間を感じさせている。前書に「ひがみ」とあるのが面白い。世を拗ねる思いがあるのだ。厭世の句というわけではない。交わりをしないことで、逆説的に、人とのつながりを得ている。十月というのは、孤独を嚙みしめる月。その認識を共有することで、連帯している。もっと冬の深まってくると寒さが厳しくなり、物理的に交わりが難しくなる。あくまで、心の問題としておくには、十月ぐらいの寒さが頃合いだ。（『其袋』）季語＝十月（冬）

7日

襟巻に首引《ひき》入《いれ》て冬の月　杉風

上五中七の描写が巧い。寒さのあまり襟巻に顔を埋めている作者の様子がよく見えてくる。やや滑稽味もあるだろう。地上の自分の視点から天上の「冬の月」への飛躍が鮮やかである。全体に、寒々しい情景といえるが、「冬の月」の本意が「定なき空におもはず花やかなる心寒き心も花有り」（『俳諧雅楽集』）であることに鑑みれば、冬の寒さや景色を楽しむ心も入っているといえるだろう。星野立子の「しんしんと寒さがたのし歩みゆく」（『立子句集』昭和十二年刊）に、心情的には近いのではないか。夜の街角に、こういう格好をしている人は、ちらほらいるものだ。現代人にも共感されやすい句である。（『猿蓑』）季語＝冬の月（冬）

8日

あら猫のかけ出す軒や冬の月　丈草

ふいに人家の軒先に姿を現した猫が、煌々と照る冬の月の下、そのまま軒伝いに駆けだしていった、という句意。飼猫については『枕草子』で「なまめかしきもの」として語られており、優美な姿が愛でられていたが、ここでは「あら猫」、つまり荒ぶる猫が詠まれている。藤田湘子の「月下の猫ひらりと明日は寒からむ」（『雲の流域』昭和三十七年刊）に出てくる猫にはまだ「をかしうなまめきたり」（『枕草子』）といった趣があるが、丈草の猫はいかにも猛々しい。人の住む軒先をおかまいなしに駆け抜けていくその姿に眉を顰めるむきもあろうが、丈草はむしろその野生を頼もしく見ているのではないか。（『続猿蓑』）季語＝冬の月（冬）

9日

鳶の羽もかいつくろひぬ初しぐれ　去来

はじめての時雨に、しっとりと濡れた鳶の羽が、まるで繕ったかのように美しい、というのである。ただの「時雨」とは異なり、「初時雨」といえば、その年はじめての時雨を賞美する心が強く込められる。「初時雨」を通して、湿った鳶の羽の艶めきが感じられるのである。『猿蓑』の巻頭句である「初時雨猿も小蓑を欲しげなり　芭蕉」に呼応した句で、普通に考えれば、猿も鳶も、時雨に濡れているさまは惨めで哀れなものになりそうなところ、そこに積極的な美的価値を見出しているところが蕉門の革新なのである。侘しい時雨が、むしろ鳶を美しく見せるという発想は、きわめて斬新といえる。（『猿蓑』）季語＝初時雨（冬）

10日

鑓《やり》持《もち》の猶振りたつるしぐれ哉　正秀

「鑓持」は、毛槍を担ぎ、参勤交代の大名行列の先頭を歩く槍持奴のこと。主家の威光を示すために、勇ましく毛槍をふりかざし、往来に睨みをきかせるその姿は、大津絵にもよく描かれた。この句は、降ってきた時雨に負けまいと、ムキになって槍を振り立てている、というのだ。時雨で慌てふためき、あるいは消沈する行列一行を、奮励しようとしているのだろうが、天に逆らう姿がいかにも滑稽だ。芭蕉はこの句について「御手柄」（元禄四年五月二十三日付正秀宛書簡）と高く評価している。「時雨」の伝統にはない躍動的情景によって、古めかしい季語の新しい一面を照らし出した手腕を讃えたのだ。（『猿蓑』）季語＝時雨（冬）

11日

凩に二日の月の吹きちるか　荷兮

この句は当時評判となり、作者は「凩の荷兮」の二つ名をもらうことになった。「二日の月」は宵の内には消えてしまう、きわめて細い月。荒ぶる凩に、まるで木の葉のように吹き散らされてしまいそうだ、という句意である。『去来抄』は、二日月という珍しい句材を扱っただけで、さしたる句ではないという芭蕉の評を伝えているが、風と月という現実的には関わり合うはずもない二者を結びつけたことで生まれるポエジーは、今も鮮度を保っている。上田五千石の「木枯に星の布石はぴしぴしと」（『田園』昭和三十二年刊）など、風が天体に影響を与えるという発想の句は、現代俳人にも受け継がれている。（『あら野』）季語＝凩（冬）

12日

霜月や鸛《こう》の彳《つく》々《つく》ならびゐて　荷兮

「田家眺望」と前書。「鸛」はコウノトリのこと。「彳々」はつくねんとしている様子。霜月（陰暦十一月）の、一面に霜を置いた田野に、背の高いコウノトリが数羽、ぼんやりと立ち並んでいる、という句意。コウノトリは大柄の鳥で、遠くからでも良く見える。霜を置いた田野ではろくに餌も取れないので、途方に暮れているように見えたのだろう。「彳々」の硬い音は、霜の土を踏みしめるコウノトリたちの足音を思わせ、その字面は、立ち並んだ彼らの姿を彷彿とさせる。意味のみならず、調べと表記の妙をも味わいたい。『冬の日』におさめられた歌仙の発句で、芭蕉の付句は「冬の朝日のあはれなりけり」。（『冬の日』）季語＝霜月（冬）

13日

つゝみかねて月とり落す霽《しぐれ》かな　杜国

雨が降って来たかと思ったら、たちまち晴れて、月の光が差し込んできた。そのさまはまるで雲が月を取り落としたかのよう。まさに時雨の降り方であるなあ、という句意。「時雨」という季語の本意である移ろいやすさを、雲が月を取り落とすという飄逸な擬人化で捉えた。「つつむ」という動詞は、本来は大きな紙や布などに用いるが、ここでは時雨雲について用いたのが独創的だ。風呂敷に包んでいたものをうっかり取りこぼしてしまった者のように、月を落としてしまった天もまた、おろおろと慌てふためいているにちがいない。古典的な無常観を突き抜けて、「時雨」を笑いの対象にしてしまった。（『冬の日』）**季語＝時雨（冬）**

14日

時雨るるや黒木つむ屋の窓あかり　凡兆

「黒木」は、生木を燻した薪のこと。大原女が頭に載せて売りにくる姿は、京都の冬の風物詩だった。冬に備えて窓の外に黒木が積まれているのは、いかにも庶民的な初冬の景なのだが、そこにはらはらっと時雨が降ってくることで、ほのかな雅趣も加わるわけである。この句は屋内からの視点で作っているのか、それとも屋外なのかという点で、解釈が分かれるが、「内外両用の視点が働いている」（『芭蕉たちの俳句談義』）という堀切実氏の指摘で、この議論には決着がつくのではないか。外から見ながら、中に住む人の気持ちにもなることで、時雨の風情をぞんぶんに味わっているのだ。（『猿蓑』）**季語＝時雨（冬）**

15日

いそがしや沖の時雨の真帆《まほ》片帆《かたほ》　去来

「真帆」は、後ろからの風に帆をいっぱいに張った状態。「片帆」は、斜めうしろからの風に、片寄せて帆を張っている状態をいう。突然の時雨に、沖に散らばった船はおのおの風向きによって真帆にしたり、片帆にしたりして、急いで走り出した、という句意。「沖」「の」「時雨」「の」と短い語を連ね、「真帆片帆」と似た言葉を重ねる。「いそがし」と「しぐれ」のイ音の頭韻も句を引き締めている。「有明や片帆にうけて一時雨」と改作すれば「句のはしりよく、心のねばりすくなからん」(『去来抄』)と去来は自省し、芭蕉も同意したとされるが、そうだろうか。ごちゃごちゃとした調べが、内容に適っていると思うのだが。(『猿蓑』)季語＝時雨（冬）

16日

広沢やひとり時雨るゝ沼太郎　史邦

「広沢」は、京の遍照山の南麓にある池のことで、歌枕に数えられる。慈円の「更科も明石もここにさそひ来て月の光は広沢の池」(『六百番歌合』)に見られる通り、平安時代の後期からもっぱら月の名所として詠まれるようになり、芭蕉の「名月や池をめぐりて夜もすがら」も、その系譜の上に作られた。この句は、月ではなく、時雨に打たれる沼太郎を出してきたところが異色である。「沼太郎」は、近江や美濃あたりの俚言で、雁の一種であるヒシクイをさす。まるで人のような「沼太郎」という名前に合わせて、一羽ではなく「ひとり」と呼び、雨の広沢の沼にぬうっとたたずむ異様な存在感を打ち出した。(『猿蓑』)季語＝時雨（冬）

17日

池の星またはらはらと時雨かな　北枝

静かな池の水面に星が映っている。そこにふたたびの時雨が降ってきて、水面が乱され、ふっと見えなくなってしまった、という句意。時雨がやってきては静かな水面が立ち騒ぎ、やがて時雨が去って静まり返るということを、繰り返しているのだ。中七下五は定めがたい時雨の降り方を説明しただけなのだが、上五の「池の星」との照応が新鮮で、かえって意表を衝く時雨の詠み方となっている。池に映っている星を通して、時雨の慌ただしさを捉えたところに、繊細な感性が働いている。美しい情景だが、実景を離れて上滑りすることもなく、真実味がある。（『白陀羅尼』）季語＝時雨（冬）

18日

食堂《じきどう》に雀啼くなり夕時雨　文考

「しょくどう」ではなく「じきどう」と読む。「食堂」は七堂の一つで、僧たちが食事をとるところ。東大寺や興福寺など、食堂を設けた大きな寺が、ここから想像できる。夕方に時雨が降ってきて、食堂の軒下に逃げ込んできた雀たちが、にぎやかに鳴いているという句意である。あえて僧を省略して「雀」を出してきたのが目を引く。別段、雲水たちが餌をやっているというわけではないのだが、「雀」などという小動物にも軒を貸してやる寺院の有難さが偲ばれるのである。「時雨」の句でありながら、侘しさよりも、むしろほっとした安らぎが感じられるところも、この句の妙味である。（『流川集』）季語＝夕時雨（冬）

19日

だまされし星の光や小夜時雨《さよしぐれ》　羽紅

宵のうちにはあれほど輝いていた星の光が、嘘だったかのように、突然の時雨で見えなくなってしまった、というのだ。「小夜時雨」は、夜に降る時雨。いかにも風情のある言葉だが、それゆえに「だまされし」の俗っぽい言葉が引き立つ。この句における「だまされし」は面白い働きをしていて、星の光が騙されたという擬人化とも、作者自身が騙されたとも取れる。そのあたりをはっきりさせないで、二重の意味を持たせていると見た方が良い。時雨とはふいに降ったかと思うとすぐにやんでしまう定めがたい雨。ふいうちのような降り方を、「だまされし」はまさに言い当てている。（『猿蓑』）季語＝小夜時雨（冬）

20日

小夜しぐれとなりの臼は挽《ひき》やみぬ　野坡

「旅ねのころ」と前書。旅先の貧しい宿での出来事だろう。小夜時雨が降り出したことで、そのかすかな音が聞こえるほどに、あたりが深い静けさに包まれていることに気づいた。そういえばさっきまで、隣家の夜なべ仕事のゴロゴロという臼の音がしていたが、それもやんでしまったのだなあ、という句意。俳句を詠むにあたっては、語順も大切である。隣から聞こえてくる臼を引く音が止んで、そこに折よく時雨が降ってきた、という順で詠むと、理屈っぽくなってしまう。「小夜時雨」をきっかけに、心が外の闇へ向かうからこそ、一句の余韻として底知れない暗さと静かさが感じられるのだ。（『炭俵』）季語＝小夜時雨（冬）

21日

坊主子や天窓《あたま》うたるゝ初霰　不《ふ》玉《ぎょく》

小さな男の子がくりくりの頭に初霰を受けて、はしゃぎまわっている。この句について芭蕉は次のように評している。「近年の作、心情専らに用ゐる故、句体重々し。左候へば愚句体、多くは景気ばかりを用ゐ候ふ」（『秋の夜評語』）。主観が強いと句が重々しくなるために、ただありのままの風景を書いているだけの不玉のような句に、自分は最近傾斜している、というのだ。凝った言葉も、高尚な内容も必要ない。平明な言葉づかいで、ありのままを書くことにこそ、深みがあるのだ。不玉の句は、霰が珍しくて喜ぶ子供の姿に、生命の輝きがある。それで十分なのだ。（『秋の夜』）季語＝初霰（冬）

22日

うづくまる薬の下の寒さかな　丈草

元禄七年十月十一日の夜、大坂御堂筋の花屋仁左衛門方貸座敷で臨終の床にあった芭蕉が、集まった門人たちに、夜伽の句を作るように命じた。門人たちが示した句の中で、芭蕉は丈草のこの句のみを、「丈草、出来《でかし》たり」と誉めたという（『去来抄』）。去来、惟然、支考、正秀、木節、乙州といった名だたる門人たちによる趣向を凝らした句が並ぶ中で、いちばん真情のこもっていたのが丈草のこの句だったからだろうと、去来は考察している。「薬」とは、漢方薬を煎じる鍋のこと。看病しながら、寒気と不安に耐えている自分のいささかみっともない姿を、正直に描き出したところを、芭蕉は評価したのだ。（『枯尾華』）季語＝寒さ（冬）

23日

しかられて次の間へ出る寒さかな　支考

前日の「うづくまる薬の下の寒さかな　丈草」と同じく、死の直前にあった芭蕉の病床で詠まれた句。看病をしていたところ、なにか気に障ることをしてしまったのか、病人の機嫌を損ねてしまい、すごすごと引き下がったという句意。「次の間に出る」ではなく「次の間へ出る」であるところが巧い。「次の間に出る」だと、出て行った先のみに焦点が絞られるが、「次の間へ出る」だと出ていく過程も含まれるため、より惨めさ、哀れさが引き立つのである。芭蕉は、門人たちの作った句の中で、丈草の句のみを認めたというが、支考の句もけっして悪いわけではない。やはり、真情のこもった秀句といえよう。（『枯尾華』）季語＝寒さ（冬）

24日

初霜に何とおよるぞ舟の中　其角

「淀にて」と前書。淀川を通って京と大坂を行き来する淀舟に乗る客たちは、初霜が降りたこの厳しい寒夜、いかにお休みになっただろうか、という句意。「およる」は「寝る」の尊敬語で、狂言「靭猿」などで謡われる飛騨《ひんだ》組の歌「舟の中にはなんとおよるぞ、苫を敷き寝の梶まくら」の文句から。この句では全く別の趣向に生かされていて、寒さに震える舟客たちを自分よりもずっと進んだ風狂の徒と見做しての敬意が「およる」に表されている。なるほど「初霜」を骨の髄まで味わうには夜舟に乗るに如くはない。冬の寒さをむしろ進んで身に受けることで、これまでにない季節の美を探ろうとしている。（『猿蓑』）季語＝初霜（冬）

25日

木枯の一日吹いて居りにけり　涼菟

「漫興」という前書。句意をあらためて説明するまでもないほど、平明な句である。前書のとおり、思いのままを述べただけの只事のようにも思えるが、さにあらず。ぎりぎりまで省略することで、言外に枯れた草木や、じっと耳を傾けている人物や、その身の上や胸中まで、さまざまな連想を引き出している。「木枯」を他の風、たとえば「春風」や「秋風」と置き換えてみると、「木枯」がもっとも広がりを生んでいることに気づくだろう。悠揚とした気分の中にも、やがて木の葉も落ち尽くして、本格的な冬の到来する緊張感が、ひとすじ通っている。（『伊勢新百韻』）季語＝木枯（冬）

26日

茶の花の香や冬枯の興聖寺《こうしょうじ》　許六

「興聖寺」は、天福元年、宇治の地に道元によって建立された日本最古の禅寺。宇治にゆかりの深い「茶の花」と「興聖寺」の取り合わせは、ともすれば平板に陥ってしまうだろうが、季節を「冬枯」の時期に設定したことで、何も見るべきもののない枯一色の風景の中の「茶の花」の尊さが強調された。白い花弁や金色の蕊が印象的な花だが、ここでは「香」を出してきたことで、感覚が細やかになっている。「俳諧慥かにして、畳の上に座し釘かすがひを以てかたく締めたるがごとし」（『俳諧問答』、「俳諧自賛之論」）という芭蕉の評言のとおり、緊密な言葉の結びつきで、閑寂の境地を具象化した。（『草刈笛』）季語＝茶の花・冬枯（冬）

27日

棹《さお》鹿《じか》のかさなり臥せる枯野かな　土芳

角切りを終えた春日野の小牡鹿が、冬枯れの野にかたまって寝そべっている、という句意。奈良春日野の角切りは秋の風物詩で、交尾期を迎えて気の荒くなった牡鹿の角を切って事故を防ぐ。ここでは、大人しくなった牡鹿たちが、たがいに冬日を分け合っているという穏やかさに、心が和む。妻恋の切ない声をあげるでもなく、牝をめぐって激しく角を突き合わせるでもなく、静かにかたまっている鹿の姿を詠んだ。後代の資料となるが「草木とも冬枯れたる野をいふ。さびしき景色を詠むなり」（『改正月令博物筌』）とされる「枯野」。その淋しさを、草木ではなく獣の鹿によって表したのが新しい。（『猿蓑』）季語＝枯野（冬）

28日

帰り花それにもしかん莚切　其角

返り咲いた桜の花も賞味したいと、莚切れを敷いて、冬の花見と洒落こもうというわけである。いくら小春日和といっても、地面の上に粗末な莚を敷いて花見をするのには寒い。それでも痩せ我慢をして「それにもしかん」と勇ましく言っている風狂ぶりが可笑しい。「帰り花」の本意は「老後の思ひ出なるべし」（『俳諧雅楽集』）。時季を過ぎて咲く花を、老後に一花咲かせる人生に擬する見方があったのだ。森田蘭氏は「帰り花」は年増女の寓意だとしているが（『猿蓑発句鑑賞』）、そう解すると俳味が過剰になるのではないか。ただ、帰り花を愛でて莚切れに坐っている人物は、老人を想定した方がしっくりくる。（『猿蓑』）季語＝帰り花（冬）

29日

はつ雪を見てから顔を洗ひけり　越人

起き出してきてその年はじめての雪に驚き、眺めをたっぷり楽しんでから、いつものとおりに顔を洗う。何の変哲もない行いではあるが、今日はとりわけ顔が清らかになる気がする、といった句意。「初雪」については『俳諧雅楽集』に「甚風雅なる心　めづらしき心」とあるように、賞美されるものであった。その風雅さのために、顔を洗うという日常的行為までもが特別なものに変わったというのが、一句の読みどころである。顔を洗う水のきらめきや、洗い終わった顔の冷ややかさ、つややかさが感じられてくるのも、「はつ雪」ゆえ。読む者の心まで清められるような、清冽な一句である。（『あら野』）季語＝初雪（冬）

30日

はつ雪や先《まず》草履にて隣まで　路通

初雪が降ってきた珍しさに、浮かれ出でたくなる。まずは手始めに、近所まで草履履きで出かけて行った、というのである。前日の越人の句同様、「甚風雅なる心　めづらしき心」（『俳諧雅楽集』）という初雪の本意を生かした句といえる。「雪」の中を出ていくのに「草履」というのは意表を衝くが、まだ本格的に冷え込んでくる前の「初雪」の頃であるから、大して気にもならないのだ。次第に冬が深まって来れば、こうはいかなくなるだろう。雪を楽しめる束の間を切り取った句として、軽妙な味わいがある。「にて」「まで」と脚韻をさらりと踏んだことで、心の弾みが感じられてくる。（『あら野』）季語＝初雪（冬）

十二月

1日

尾頭《おかしら》のこころもとなき海鼠《なまこ》かな　去来

どこが尾でどこが頭なのか、定かではないこやつは、海鼠である、という句意。祝いの膳に供せられる魚は「尾頭つき」であるが、海鼠の場合にはそれがあてはまらない。華やかな席とは無縁の不格好な海鼠を、ユーモアたっぷりに描き出したのは、その在り様に親近感を覚えているからだ。俳諧師もまた、人に理解されず、どっちを向いて生きているのか、さっぱりわからない存在だ。和歌・連歌にはまったく詠まれてこなかった海鼠だが、俳諧・俳句ではいきいきと詠まれて、去来の句をはじめ、名句も多い。俳人と海鼠は、相性が良いのだ。

（『猿蓑』）季語＝海鼠（冬）

2日

憎まれてながらふる人冬の蠅　其角

梶井基次郎の名作「冬の蠅」では、「冬の蠅とは何か？」の問いかけに始まり、「色は不鮮明に黝んで、翅体は萎縮している。汚い臓物で張り切っていた腹は紙撚のように痩せ細っている」といった見事な寒蠅の描写がある。其角の句は、「冬の蠅とは何か？」という問いかけへの、其角流の答えである。すなわち、それは「憎まれてながらふる人」のようなものだ、というのだ。早く死ねばよいと思われながらも、当人はどこ吹く風で、しぶとく生き延びている。たしかに、そういう人間が、一定数いるのが現世である。其角は、ときにこういう、ぞっとするような暗い視線の句を作る。（『続虚栗』）季語＝冬の蠅（冬）

3日

此木戸や鎖《じょう》のさゝれて冬の月　其角

『平家物語』の「月見」の条に見られる「惣門は鎖のさされてさぶらふぞ。東面の小門より入せ給へ」の台詞を踏まえた句。平清盛の福原遷都により荒廃した京のありさまが偲ばれるくだりである。其角は、冴え冴えと月の光が降り注ぐ堅固な城門を前にして、一瞬、乱世にタイムスリップしたような錯覚に陥ったのである。『去来抄』によれば、アンソロジーの『猿蓑』に載った際に「此木戸」が「柴戸」に誤植されてしまい、芭蕉はこういう秀句は稀であるからたとえ出版されたとしてもすぐに改板するべきだと言ったという。「柴戸」では隠者の庵となり、『平家物語』の緊張感と切り離されてしまう。（『猿蓑』）季語＝冬の月（冬）

4日

夜神楽や鼻息白し面の内　其角

凍える夜、舞手がかぶる面の内から漏れ出た息が、神楽殿の闇にしろじろとのぼっていく、という句意。夜神楽といえば日向神楽・高千穂神楽が有名だが、ここでは「住吉奉納」と前書がある。大阪の住吉大社は和歌三神の一であり、最晩年の芭蕉も参詣している。「鼻息」の俗語が使われてはいるが、白息をただよわせながら舞う姿は高雅で、まさに神がそこに降りたかのように見えたことであろう。夜の寒さは、ふつうは厭わしいものであるが、鼻息ですら神々しく見せてしまう寒さを、この句はむしろ称えているようだ。（『猿蓑』）季語＝神楽（冬）

5日

古寺の簀子も青し冬がまへ　凡兆

古寺の一角に、簀の子が青々と敷かれているのも、思えば冬構えらしい眺めだ、というのである。「冬構へ」については、『栞草』に「寒気を防がん料に、風の通ふ所をふさぎ、砂よけ風よけとて、北の方に莚など張りまはし、すべて冬向きの便利を構ふるなり」と解説がある。風除けのための実利的な仕事であるのだが、凡兆は美的に冬構えの景をとらえている。殺風景な冬構えの寺において、新しく張り変えたばかりのみずみずしい竹の簀の子の青さを見つけてきたのは、地味なようでいて、確かな発見である。寺のまわりが、青々とした竹林で囲まれていることも自然と想像できる。（『猿蓑』）季語＝冬構え（冬）

6日

鉢《はち》叩《たた》き憐は顔に似ぬものか　乙州

「鉢叩き」は空也念仏のこと。陰暦十一月十三日の空也忌から十二月の大晦日までの四十八日間、瓢や鉢や鐘を鳴らして、念仏を唱えながら、空也堂の僧が洛中洛外を踊りながらめぐる。乙州の句から、当時の人々が鉢叩きを「憐」と見ていたと分かる。しかし、そこで「顔に似ぬものか」と反転させたのが、俳諧の働き。近づいてきたところをよくよく見てみれば、武骨で厳めしく、とうてい「憐」からは遠い、というのである。ただ嘲弄しているわけではない。「憐」の情緒など吹き飛んでしまうような、寒気の中で行われる「鉢叩き」の凄みといったものを、むくつけき男の面に見出したのである。（『猿蓑』）季語＝鉢叩（冬）

7日

月雪や鉢叩き名は甚之丞《じんのじょう》　越人

「月雪」は、月の差す雪道という説、月の夜と雪の夜という説、二つがあるが、前者と取っておく。「鉢叩き」は、江戸時代には芸能者による門付芸として行われるようになった。越人の句は、『風俗文選』の「鉢叩の辞」に半俗半僧の姿に興を催しての一句であることが書かれている。月光の差す雪道をやってくる姿は風雅に通じていそうだが、その名は「甚之丞」などといかにも芸能者らしい、俗っぽい名前である、という句意。俗っぽい名前の芸能者とはいえ、「月雪」の日には、それなりに趣深く見えるということを面白がっているのだ。一句の調子がいかにも仰々しいのが可笑しさに拍車をかける。（『去来抄』）季語＝鉢叩（冬）

8日

寒菊の隣もありや生大根《いけだいこ》　許六

雅びに咲く寒菊の隣では、春に備えて人々が土に大根をせっせと生けている、という句意。「寒菊」の本意は『俳諧雅楽集』によれば「霜雪に屈せぬ心　寒の字力入るべし」という。寒さの中で凜と咲く姿を詠むのが習いであり、一言でいえば〝孤高〟のたたずまいを持つのだ。こうした本意を持つ「寒菊」にあえて挑んだのが許六の句。掘った穴に大根を並べて埋めて貯蔵しておくのが「生大根」であるが、その生活風景の中において「寒菊」の孤高のありようが不思議と調和しているのを発見したのである。寒菊にも生大根という仲間がいるではないか、と作者は主張しているのだ。（『有磯海』）季語＝寒菊（冬）

9日

冬の日をひそかにもれて枇杷《びわ》の花　曲翠

こぼれおちる淡い冬の日差しの下、枇杷の花がひそかに咲いている、というのだ。枇杷の花はけぶるようにひっそりと咲く。その目立たない花のありようを、うまく言い取っている。「冬の日を」をどう解するかは評者によって異なる。ここでは「冬の日差しがひそかに漏れ出ている下で」と解した。しかし、「冬の日々の中、ひそかに漏れ出るように」とも取れる。二つの意味が微妙に重なっているという見方もできる。いずれにせよ、「冬の日のひそかにもれて」だと、意味が通りやすくはなるが、平凡に堕してしまうことは確か。「冬の日を」として意味の流れに屈曲を与えたのが功を奏している。（『菊の道』）季語＝枇杷の花（冬）

10日

火桶抱いておとがひ臍をかくしける　路通

「おとがひ」は、顎の事。顎で臍を隠すような姿勢で、火桶を抱いて、暖を取っている、というのだ。わずかな火種も貪ろうとしているのだろう。一句の背景には、極度の貧しさがおのずから思われるのである。みずからをここまで突き放して、無様な姿をさらすことができるのが、一切放下の暮らしを貫いた路通の強み。彼の数少ない理解者であった師・芭蕉は、「俳作妙を得たり」（元禄元年十二月五日付尚白宛芭蕉書簡）とこの句を賞している。悲惨と滑稽が両立しているところが凄まじい。（『いつを昔』）季語＝火桶（冬）

11日

みちばたに多賀の鳥居の寒さかな　尚白

道端に多賀神社の鳥居がいきなりそびえたつ眺めの、なんとも寒々しいことだ、という句意。「多賀の鳥居」とは近江犬上郡の多賀神社の鳥居のこと。高さは十一メートルとかなりの大鳥居で、大社から約四キロは隔たっていることから、街道沿いに突拍子もなくヌッと鳥居が建っているように見えたのだ。「寒さ」の本意とは「無風雅なる心　腹のたつ心　気丈なる心」（『俳諧雅楽集』）。巨大な石の鳥居の存在感が、冬の寒さの迫ってくる感じと通い合う。「多賀」の地名がよく効いていて、そのめでたい字面から「寒さ」に展開していく一句の流れに振幅があり、飽きのこない魅力がある。（『猿蓑』）**季語＝寒さ（冬）**

12日

鷹の目の枯野にすわるあらしかな　丈草

獲物を睨みつけて今にも飛び掛かろうとしている鷹の眼光の鋭さを、下五の「あらしかな」で受けとめた。鳥の王と称えられる猛禽の威厳をよく伝えている。「鷹」の本意の「いさみたつ心　大勇の心持有るべし」（『俳諧雅楽集』）が、そのまま当てはまる。怒りや酔いのために一点を見つめることを表す「目がすわる」という慣用的表現をいったん解体して、間に「枯野に」を入れたのがミソである。「鷹の目が枯野にすわっている」といわれると、まるで目玉だけが枯野に居座っているかのように錯誤する。読者の脳裏を刹那掠めるその奇怪なヴィジョンも、この句の魅力を高めている。（『菊の香』）**季語＝鷹・枯野（冬）**

13日

子ごころやわらぢよろこぶ雪の朝　土芳

前書によれば、年末、雪の薄く積もった朝、近所の喜三郎という十歳ばかりの子供が伊勢へ奉公に売られていくのを見て詠んだものだという。子供なので、まだ奉公にいくことの意味がよくわかっていない。ただ長旅のために用意してもらった草鞋が嬉しくて、雪の上を駆けまわっては足跡を付けて喜んでいる。その子供心が何とも哀れなのだ。奉公に売られてゆく子供といえば、橋田壽賀子原作のドラマ「おしん」の雪の最上川のシーンが有名だ（明治四十年の話であるが）。筏に乗ったおしんが家族との別れに際して泣き叫ぶというシーンだが、土芳の句は子供がはしゃいでいることで、むしろ哀れは深くなる。（『蓑虫庵集』）季語＝雪（冬）

14日

水鳥の大崩れするあられかな　正秀

鴨や鴛鴦などがかたまって浮かんでいるところへ、突然の霰が降ってきた。水鳥たちは、ばらばらといっせいに逃げ出した、というのである。ぷかぷかと浮いている姿を「浮寝」と見て、「憂き寝」に掛けるという詠み方が和歌では常套的であった。「水鳥」の本意について『俳諧雅楽集』に「惣名也　むつまじく安居の体」とあるように、それは俳諧にも受け継がれている。しかし正秀の句では、眠っていた水鳥が、霰によっていっせいに慌てふためくさまが詠まれている。「大崩れ」の誇張が痛快で、「憂き寝」も何もなく大騒ぎする水鳥たちの姿が可笑しく愛おしい。（『初蝉』）季語＝霰（冬）

15日

水鳥や向かふの岸へつういつい　惟然

惟然は芭蕉の没後、口語を活用した自由闊達な作風に移行していく。支考の俳句観を理屈っぽいと批判して「発句なども只自然の物にて、みな利口過ぎたり。随分あしくせよ、あしくとも心涼しくば句もまた涼しきなり」（『家伝惟然師伝』）と、粗削りの悪い句を作るべきだと説いて回ったという。この句も一見すれば稚拙にも思えるが、水鳥の泳ぐさまがありありと見えてきて、岸辺に取り残されてしまったかのような一抹の寂しさがあるところに妙味がある。水鳥は「浮寝鳥」として、「憂き寝」を掛けて技巧的に詠まれることが多かったから、こうした衒いのない句が当時はかえって新鮮だった。（『惟然坊句集』）季語＝水鳥（冬）

16日

炭竈に手負の猪の倒れけり　凡兆

人家まで這う這うの体で辿り着いた手負いの猪が、ついに炭竈の傍らにドドッと倒れ込んだ。手負いの猪は『曾我物語』の有名な「富士の巻狩」にも登場する。頼朝に突如襲いかかって来た手負いの大猪を、そばに控えていた新田四郎忠常が、さかさまに飛び乗って仕留めたという。凡兆の句も、迫真のシーンだ。『堀河百首』にも取り上げられた歌題である「炭竈」に倒れ込んだところに面白さがある。「大原や小野の炭釜雪降れど絶えぬ煙ぞしるべなりける　藤原仲実」（『堀河百首』）のように煙をあげているさまを淋しい冬景色として詠むのだが、凡兆の句では、土と血の匂いの中の炭竈が詠まれている。（『猿蓑』）季語＝炭竈（冬）

17日

武士《もののふ》の臑に米磨ぐ霰かな　嵐雪

嵐雪は三十年に及ぶ武家奉公の来歴を持つ。その中での見聞をもとにしたようだ。『玄峰集註解』は、「君の御供してかへり、井のはたに足す、がんとせしに、あられの降来るを見て」という端書があったと伝える。井戸端で武士が足を洗っていると、突然米を磨ぐような音がして、何かと思ったら霰がばらばらと降ってきたのであった、というのが作者の意図した句意だった。とはいえ、やはりこの句の魅力は、「臑に米磨ぐ」の奇妙なイメージにこそあるのではないか。霰の降る激しい音を、まるで荒っぽい武士が臑で米を磨いでいるようだと喩えた、奇抜で滑稽味あふれる句として読みたい。（『遠のく』）季語＝霰（冬）

18日

明方や城をとりまく鴨の声　許六

「鴨」の本意は「昔しした八しき心　声を賞す」（『俳諧雅楽集』）。やかましい鴨の声に、合戦の昔を思い出しているというのだ。この句はロシアの映画監督セルゲイ・エイゼンシュテインの論文「映画芸術の原理と表意文字」（一九三〇年発表）の中で、「枯枝に烏のとまりたるや秋の暮　芭蕉」「名月や畳の上に松の影　其角」「夕風や水青鷺の脛をうつ　蕪村」の句とともに紹介されている。彼は、歌舞伎や写楽の役者絵、和歌や俳諧といった日本の伝統文化にヒントを得て「モンタージュ」理論を打ち立てた。許六の句も冬の明け方の静かな城とそれをとりまく騒々しい鴨たちの声との「モンタージュ」と見たのだ。（『韻塞』）季語＝鴨（冬）

19日

水底を見て来た皃の小鴨かな　　丈草

ひょいと水面に姿を現した鴨が、いま水底を見てきたと言わんばかりの、あどけない顔をしている、という句意。「小鴨」は愛称で、かわいらしさを強調した言い方。鴨は専ら声を詠むものであったが、ここでは旧来の詠みぶりにとらわれないで、鴨の可憐な姿を詠んだ。他の鳥に比べて、鴨は身近な鳥。擬人化によって、その近しさがよく出ている。ちなみに、「かな」の文語に対して「見て来た」の口語はちぐはぐである。「見て来し」とするべきであろう。ただ、それは野暮というもの。私たちは文法のために俳句を読み、作っているのだろうか？答えは否。この句の内容には「見て来た」の口語がぴったりなのだ。（『猿蓑』）　季語＝鴨（冬）

20日

まじはりは紙子の切を譲りけり　　丈草

私たちは貧しくてもけっして鈍することなく、紙子の破れを繕う紙を譲り合うという、篤い付き合いを続けている、という句意。この句に付けられた「貧交」の前書は、杜甫の「貧交行」をさす。詩の中では、科挙に落ちて浪人暮らしを続けていると旧友も離れていくという人情の薄さを嘆いているが、丈草の句では、それ以上の貧しさにもかかわらず、友を思う心を失わない尊さを自賛している。「紙子」の季語の本意である「落ぶれたる心　老の姿あるべし」（『俳諧雅楽集』）を汲みつつ、落ちぶれてもなお失われない友情の方に主眼を置いたのが独創的である。高潔な隠士であった丈草の自画像といっていい。（『猿蓑』）　季語＝紙子（冬）

21日

大根に実の入る旅の寒さかな　園女

畑の大根が、しっかりと実っている。旅の寒さは辛いものだが、この寒さが大根を充実させているのだと思えば、趣深く思えてくる、というのだ。「寒さ」の本意は「無風雅なる心腹のたつ心」（『俳諧雅楽集』）にあるわけだが、旅人の立場から、畠の大根という新しい風雅を見出したわけである。味気ない冬景色の中にも、見るべきものを探そうとして、大根を見つけ出してきたのだ。大根を実らせることを理由に、旅の寒さをも受け入れているところは、まさに風狂の精神。表現としては、「実の入る」に力がこもっている。よく肥えた大根が見えてきて、この句の命といえる表現である。（『小弓俳諧集』）季語＝大根・寒さ（冬）

22日

門前《もんぜん》の小家もあそぶ冬至哉　凡兆

冬至は、一年で最も昼が短い日。杜甫の詩に「冬至、陽生じて春復た来たる」（「小至」）とあるとおり、この日から春へ向けて陽気が生じるということで、祝い日として労働を禁じていた。寺の門前の店も商いを休み、短い一日とはいえのんびり遊び暮らしている、という句意。「小家も」の「も」がよく働いていて、寺の僧侶たちも門前の店の人々も寛いでいるということで、門の内外の穏やかな情景を大きく包み込んでいる。ふつうは寺の冬至を詠むところを、あえてずらして門前の小家に焦点を当てた〝ずらし〟のテクニックが心憎い。（『猿蓑』）季語＝冬至（冬）

23日

あら磯や走り馴れたる友《とも》鵆《ちどり》　去来

『万葉集』の「淡海の海夕波千鳥汝が鳴けば情もしのに古思ほゆ　柿本人麻呂」の歌に示されているとおり、千鳥の声は人に物を思わせるものとして和歌や連歌に詠まれてきた。俳諧でも「声の淋しきを賞す」(『俳諧雅楽集』)とあるとおり、この伝統は生きているのだが、ここでは、荒波に巻き込まれないようにたくみに避けながら浜辺を走る二羽の千鳥の様子が、活写されている。『猿蓑』の注釈書である『猿蓑さかし抄』に「村と友との差別を味ふべし」とあるのは重要だ。群ではなく二羽の千鳥に絞ったことで、あたかも連れ立って楽しそうに波と遊んでいるようなユーモアが生まれた。(『猿蓑』)　**季語＝千鳥(冬)**

24日

小傾城行きてなぶらん年の暮　其角

世間は忙しない年の暮、あえて遊里に繰り出して、禿でもからかってやろう、という句意。前書の「世中をいとふまでこそかたからめ」は、「世の中をいとふまでこそかたからめ仮の宿りをも惜しむきみかな」の西行歌から。西行が天王寺に参詣に来て俄雨に遭い、江口の遊女の家で雨宿りをしようとして断られたときに贈った歌だとされる。其角は「西行が言っているように世を嫌って出家することは確かに難しい。西行に遠く及ばぬ私は、世を逃れて、ただ遊女と戯れて束の間の夢に遊ぶのみだ」と切り返した。払い難い遁世の願いを抱えながらもそれに徹しきれない俳諧師の苦しいジレンマが滲んだ句。(『雑談集』)　**季語＝年の暮(冬)**

25日

詩あきんど年を貪る酒債《さかて》かな　　其角

前書に杜甫の「酒債は尋常行く処に有り人生七十古来稀なり」の詩が掲げられている。酒代の借金は行く処どこにもあるが、七十歳を迎える人などめったにいないのだから、今のうちにせいぜい楽しんでおこう、という意味。「詩あきんど」とは、俳諧をお金に変えて暮らしている自分への、嘲弄まじりの呼称。私も杜甫も詩に心を奪われ、借金がかさむ身であるが、「詩聖」と呼ばれた杜甫に比べて自分は賤しい「詩あきんど」、その名にふさわしく、年末の慌ただしい中でも意地汚く酒をすすっているよ、といった句意。「貪る」の語に、残り少ない日をせいいっぱい楽しもうとする感じがよく出ている。（『虚栗』）季語＝年惜しむ（冬）

26日

鱈《たら》船《ぶね》や比良《ひら》より北は雪げしき　　李由

近景には琵琶湖を進む鱈船が見え、遠景の比良の山より北はすっかり雪景色である、という句意。「鱈船」は、北の海で獲れた鱈をいったん陸路で運び、さらに琵琶湖を通じて京や大坂に運んだ丸子船のこと。「比良」は歌枕で、比叡山の北に連なる山々。遠近の対比によって構成されていて、しばしば絵画的な一句と評される。しかし、一幅の絵にはおさまらない広がりを持った句と見たい。「比良より北」に「雪げしき」が広がり、そこから更に北には「鱈」の獲れる海があるというふうに、言葉の力で、目ではとらえきれない広大なヴィジョンを創出している。（『韻塞』）季語＝雪景色（冬）

27日

いねいねと人に言はれつ年の暮　路通

「いね」は「去ね」。早く帰れ帰れと人に疎まれながら一年が終わっていく、という句意。師走坊主の境遇に、路通自身の境遇を重ねている句である。師走坊主とは、年末の忙しさゆえに相手にされないで施し物もなく、みすぼらしい坊主のこと。乞食僧として全国を行脚した経験を持つ路通には、他人事には見えなかったのだろう。「いねいね」のリフレインの性急さに、年末の慌ただしさが暗示される。ただ悲痛な句というよりは、一句の弾んだリズムには、むしろ居直って放浪生活を楽しもうとする姿勢すらうかがえる。芭蕉は弟子のこの句を念頭に置いて「住つかぬ旅のこゝろや置炬燵」と詠んだ。（『猿蓑』）季語＝年の暮（冬）

28日

金屏に夢見て遊ぶ師走かな　支考

「金屏」は、地紙全体に金箔を置いた屏風。師走の慌ただしさの中、金屏風の温かみのある光にうっとりとしながら、夢幻の世界に遊ぶ、これもまた一興である、という句意。支考は、「金屏の松の古さよ冬籠り　芭蕉」（『炭俵』）の句をあげながら「金屏は暖かに銀屏は涼し。これ、おのづから金屏・銀屏の本情なり」（『続五論』）と述べている。なるほど、金屏風のまぶしいほどの光や、花鳥や松を描いためでたい絵柄は、温かさを感じさせるものだ。あたかもルーベンスの絵の前で安らかな眠りについたネロさながらに、現世の師走の混沌をいっとき忘れさせてくれる、幻想世界への扉であるのだ、金屏は。（『枕かけ』）季語＝師走（冬）

29日

流る丶や師走の町の煤の汁　智月

年も詰まってくると、おのおのの家で煤掃きが行われる。煤まじりの汚れた水が、往来を流れているというのだ。「煤の汁」を詠みながらも、一句の格を失っていないところに感心する。「流る丶や」の朗々たる出だしのたまものであろう。「師走の街の煤の汁」のフレーズも巧い。「師走の街」という大写しの映像から、カメラをズームして「煤の汁」を映し出すという、読者の視線をなめらかに導くテクニックが冴える。道を流れていく煤の汁は、たちまちに過ぎ去っていく年月を象徴しているかのようだ。俳人ならではの、生活感に溢れた一句。（『薦獅子集』）**季語＝師走（冬）**

30日

大歳《おおどし》をおもへば年の敵《かたき》かな　凡兆

「大歳」とは、大晦日のこと。大晦日というものは、思えば、年来の敵のようなものだなあ、という句意。井原西鶴の『世間胸算用』で書かれているとおり、掛売・掛買で商売をしていた庶民にとって、大晦日は総決算の日。なんとかして金をやりくりする苦しみを詠んだ句は多いが、凡兆のこの句は、「年の敵」とまで擬人化したところが突出している。現代人にとっても、仕事や家事に区切りをつけねばならない大晦日が、厄介な敵に思えることもあるだろう。さて、こいつをやっつけて、新しい年の扉を開くことができるだろうか。（『去来抄』）**季語＝大歳（冬）**

31日

年こしやあまり惜しさに出てありく　北枝

年越しの夜、一分一秒が惜しまれて、しまいには外へさまよいでて、終わっていく一年の風景をぞんぶんに眺め尽くそうとしている、という句意。一年が終わる日には、とりわけ時間の過ぎ行く早さを感じるものだ。なにげなく見ていた景色も、急に愛おしく思われてくる。だれでも抱くそんな思いを、「あまり惜しさに出てありく」と誇張してみせたのが、北枝の句。いくら惜しいとはいっても、寒い中をふらふらと特に意味もなく出て歩くというのは、異常な行為。あえてそうした異常な行為をして、ふつうの人々が見過ごしにしている感情や事実に気づかせるのが、俳諧師の重要な仕事だ。（『草庵集』）季語＝年越（冬）

終わりのない闇に対する――あとがきにかえて

宮沢賢治の実家に残された彼の詩集『春と修羅』には、たくさんの書き込みがあります。賢治が、詩集が刊行されたあとにも、納得がいかない部分に、書き入れをしているのです。作品は、作り手にとっては、終わりのない闇です。どこまでいっても、完成というものがありません。賢治はひとりきりで、その闇に挑みました。並大抵の精神力では不可能でしょう。

俳人の場合には、師や仲間がいるぶん、どれほど心強いことか。暗い洞窟を進むのにも、道を知っている人が手をとってくれるのです。そのために俳句は、創作の孤独に耐えうる強靭な精神力を持たない、ごく普通の人々にも親しまれているのです。自分の作品を、先生や句友に見てもらう「句会」は、全国津々浦々でひらかれています。新聞や雑誌、俳句大会に投句するのも、先達の見解に照らして、自作の価値を判断してほしいからです。俳句が「座の文学」といわれるゆえんです。

俳聖芭蕉にせよ、自作の揺るぎない完成のために、弟子たちの意見を求めました。古池の句の誕生秘話は、有名です。「蛙飛びこむ水の音」という中七下五に、どんな上五を付けてよいものか、芭蕉はまわりにいた弟子たちに意見を求めました。高弟の其角が「山吹や」と提案したのですが、芭蕉はそれを受け入れず、「古池や」という上五を置いた、という話です。最終的には自分で決めていますが、其角の「『山吹や』としてはどうでしょう?」の一言がなければ、果たして、「古池や」を思いついたか、どうか。「蛙に山吹では、ありきたりだな」と思ったからこそ、「では、そうではない言葉はないだろうか」と考え方が切り替わったのではないでしょうか。

芭蕉もまた、弟子の句にアドバイスをしています。『去来抄』から、ひとつのエピソードを紹介しましょう。

面影のおぼろにゆかし魂祭　去来

「魂祭」とは、お盆に祖先の霊をまつること。亡くなった人のおもかげがぼんやりと浮かんできて、切に会いたくなった、というのです。この句を去来は手紙に書いて、師である芭蕉に送りました。「祭る時は神いますが如し」という論語の一節を踏まえた句で、霊棚（霊をまつって食べ物などを供える棚）の奥に亡き人がいそうな気がして作ったのです、という添え書きをして。

返信に芭蕉は「此分にては古びに落申べく候」と書いてきました。俳句らしい新しさがないという批判です。たしかに、このままでは常識的で面白くない。そこでどうすればよいのか。なんと、手紙の中で去来が書いていた「玉棚の奥なつかしく覚侍る」の言葉を、そのまま使えばよい、というのです。

玉棚の奥なつかしや親の顔　去来

アドバイスを受けて、去来はこんな句に直しました。「玉棚の奥なつかし」という、ふだんの言葉づかいをしているところが、和歌とは違う俳句としての新しさがあります。そして「玉棚の奥」とか「親の顔」ということで、より具体的になっています。無理のない言葉で、イメージを浮かびやすくしたわけです。見事なアドバイスではありませんか。

蕉門の弟子は、素晴らしい先生や同門の仲間がいて、恵まれていた――確かにそうでしょう。しかし、「師や仲間がいる」ということは、けっして、楽ができるということではありません。そのことも、蕉門の弟子たちのエピソードには、あきらかです。

たとえば、

行く春を近江の人とをしみけり　芭蕉

という句を作ったところ、尚白という弟子から、批判があったといいます。「近江」は「丹後」に、「行く春」は「行く年」に置きかえてもさしつかえない、というのです。先生の句について、批判をするなど、今では考えられるでしょうか。

あるいは、

下京や雪つむ上の夜の雨　凡兆

という句は、凡兆が「雪つむ上の夜の雨」というフレーズを作って、上五に何を置くか芭蕉や仲間たちで思案して、ようやく芭蕉が「下京や」と置いて決定しました。ところが、凡兆の態度は「あと答へて、いまだ落ちつかず」と不満げであったため、芭蕉は「若まさる物あらば我二度俳諧をいふべからず」――これ以上の上五があったら自分は俳諧をやめるとまで言っています。

先生に対しても、批判や、不満を明らかにする――不遜な態度にも思えますが、彼らがそれだけ、俳諧について真剣だったということです。先生に盲従して、判断をゆだねるのではなく、自分の頭で考えて、納得いかなければ反論するという態度は、私には立派に思えます。

先生に対してもそうであるので、仲間たちのあいだでは、さらに激しくやりとりしています。

夕ぐれは鐘をちからや寺の秋　風国

この句はもともと、「晩鐘の淋しくもなし寺の秋」といったような句だったのですが、去来は興ざめな句だと批判します。晩鐘・寺・秋という道具立てで淋しくないというのは、個人的な感慨に過ぎないというのです。それに対して風国も黙っていません。自分が感じたことを正直に詠んではいけないのか、と反論するのです。そこで去来は、ここに挙げた句形に直して採用したのでした。去来にとっては自分を試されるような、緊張感を強いられたでしょう。

病雁の夜寒に落ちて旅寝哉　芭蕉

あまのやは小海老にまじるいとゞかな

芭蕉がこの二句を示して、どちらが優れているかを聞いたところ、「病雁」派の去来と、「いとど」派の凡兆で意見が割れ、芭蕉はただ笑っていたというエピソードがあります。芭蕉がなぜ笑っていたのかは諸説あるのですが、彼らが論じあうこと自体が面白かったのかもしれません。

蕉門では、それぞれの個性がいかんなく発揮されていることを、喜んでいたようにも思えます。「座の文学」というものが、なれあいやもたれ合いではなく、もっと厳しく激しい応酬に基づいていたことが、蕉門俳人たちの記録からは読み取れます。

そのことは、蕉門俳人に限りません。たとえば正岡子規と夏目漱石の往復書簡において、ふたりが心置きなく文学論を戦わせ、漱石の句について子規が容赦のない評や斧正を加えていたことが思い出されます。

また、現代俳句の巨匠である金子兜太は、若い頃「寒雷」の加藤楸邨に師事しましたが、楸邨の選句に納得がいかず、「寒雷」の結社誌に批判の文章を書かせてくれと言ったら、ちゃんと載せてくれたそうです（『証言・昭和の俳句〈上〉』角川書店、平成十四年）。

「座の文学」の根底には、こうした遠慮のなさが必要なのです。ただの褒め合いになっている句会があれば、それはもはや蕉門俳人たちが持っていた高い志を失って、形骸化してしまっているということです。

終わりのない闇に立ち向かうにあたって、先達や同志がいることは、幸福です。ただし、その幸福に甘えては、現代に続く素晴らしい俳句の礎を築いてくれた蕉門俳人たちに、顔向けができません。つねに緊張感を持って、俳句という詩に相対してゆくこと――それこそが「伝統俳句」の道ではないでしょうか。

五月、雹のあとの雨の夜に

髙柳克弘

季語索引

蚊［か］（夏）……98
帰り花［かえりばな］（冬）……198
蛙［かえる］（春）……66・67
案山子［かかし］（秋）……157
鏡開き［かがみびらき］（新年）……12
柿［かき］（秋）……167・176
杜若［かきつばた］（夏）……89
神楽［かぐら］（冬）……204
陽炎［かげろう］（春）……36・63
飾松［かざりまつ］（新年）……10
かたつむり［かたつむり］（夏）……108
鰹［かつお］（夏）……81
紙子［かみこ］（冬）……212
鴨［かも］（冬）……211・212
蚊帳［かや］（夏）……104
蚊帳吊草［かやつりぐさ］（夏）……122
雁［かり］（秋）……182・185
枯野［かれの］（冬）……198・208
翡翠［かわせみ］（夏）……89
寒菊［かんぎく］（冬）……206

神無月［かんなづき］（冬）……174
寒の残り［かんのこり］（春）……38
灌仏会［かんぶつえ］（春）……62
帰雁［きがん］（春）……71
菊［きく］（秋）……152・153
きさらぎ［きさらぎ］（春）……28
雉［きじ］（春）……64
砧［きぬた］（秋）……179
砧打つ［きぬたうつ］（秋）……171
今日の月［きょうのつき］（秋）……159
御慶［ぎょけい］（新年）……7
きりぎりす［きりぎりす］（秋）……155・156
桐の花［きりのはな］（夏）……105
喰摘［くいつみ］（新年）……8
水鶏［くいな］（夏）……103
崩れ簗［くずれやな］（秋）……181
雲の峯［くものみね］（夏）……118・119
鶏頭［けいとう］（秋）……168
今朝の秋［けさのあき］（秋）……134
芥子の花［けしのはな］（夏）……88

削掛［けずりかけ］（新年）……13
氷［こおり］（冬）……25
氷解く［こおりとく］（春）……34
凩［こがらし］（冬）……190
木枯［こがらし］（冬）……197
去年［こぞ］（新年）……8
胡蝶［こちょう］（春）……59
更衣［ころもがえ］（夏）……80
桜［さくら］（春）……52・54・60・64
早苗［さなえ］（夏）……82
さび鮎［さびあゆ］（秋）……150
五月雨［さみだれ］（夏）……90・96・97・102・107
寒さ［さむさ］（冬）……20・195・196・208・213
小夜時雨［さよしぐれ］（冬）……194
百日紅［さるすべり］（夏）……133
残暑［ざんしょ］（秋）……136
残雪［ざんせつ］（春）……34
汐干［しおひ］（春）……62
鹿［しか］（秋）……168

鹿の子［しかのこ］（夏）……88
時雨［しぐれ］（冬）……189・191・192・193
清水［しみず］（夏）……131
霜月［しもつき］（冬）……190
霜やけ［しもやけ］（冬）……12
霜夜［しもよ］（冬）……21
十月［じゅうがつ］（冬）……187
秋天［しゅうてん］（秋）……139
熟柿［じゅくし］（秋）……180
正月［しょうがつ］（新年）……11
白魚［しらうお］（春）……35
師走［しわす］（冬）……216・217
新酒［しんしゅ］（秋）……186
新茶［しんちゃ］（夏）……87
西瓜［すいか］（秋）……141・142
水仙［すいせん］（冬）……15
涼風［すずかぜ］（夏）……113
芒［すすき］（秋）……163
涼し［すずし］（夏）……118・127・128
涼み［すずみ］（夏）……120
炭竈［すみがま］（冬）……210
菫［すみれ］（春）……44・69
相撲［すもう］（秋）……154
蟬［せみ］（夏）……126・132
雪舟［そり］（冬）……21
大根［だいこん］（冬）……213
田植［たうえ］（夏）……91
鷹［たか］（冬）……208
竹の子［たけのこ］（夏）……83・84
橘［たちばな］（夏）……86
田螺［たにし］（春）……45
玉棚［たまだな］（秋）……137
千鳥［ちどり］（冬）……214
粽［ちまき］（夏）……79
茶摘［ちゃつみ］（春）……77
茶の花［ちゃのはな］（冬）……197
蝶［ちょう］（春）……59
散る花［ちるはな］（春）……55・70
月［つき］（秋）……158・159・181
月鉾［つきほこ］（夏）……121
月夜［つきよ］（秋）……157
蔦［つた］（秋）……167・171
つつじ［つつじ］（春）……50
椿［つばき］（春）……49
燕［つばめ］（春）……48・65
露［つゆ］（秋）……169
出替［でがわり］（春）……43
唐黍［とうきび］（秋）……175
冬至［とうじ］（冬）……213
年惜しむ［としおしむ］（冬）……215
年越［としこし］（冬）……218
年の暮［としのくれ］（冬）……214・216
土用干し［どようぼし］（夏）……124・125
鳥兜［とりかぶと］（秋）……163
蜻蛉［とんぼ］（秋）……146
永き日［ながきひ］（春）……73
梨の花［なしのはな］（春）……61
夏木［なつき］（夏）……115
夏蚕［なつご］（夏）……100
夏座敷［なつざしき］（夏）……127

夏の海［なつのうみ］（夏）……91
夏の月［なつのつき］（夏）……113
夏の山［なつのやま］（夏）……109
撫子［なでしこ］（秋）……136
七草［ななくさ］（新年）……9
菜の花［なのはな］（春）……72
海鼠［なまこ］（冬）……203
苗代［なわしろ］（春）……65
虹［にじ］（夏）……108
猫の子［ねこのこ］（春）……59
猫の恋［ねこのこい］（春）……31・47
根芹［ねぜり］（春）……30
涅槃像［ねはんぞう］（春）……32
後の月［のちのつき］（秋）……177
長閑［のどか］（春）……38
蚤［のみ］（夏）……102
海苔［のり］（春）……49
野分［のわき］（秋）……154
蝿［はえ］（夏）……106
墓参り［はかまいり］（秋）……138
萩［はぎ］（秋）……151
白梅［はくばい］（春）……27
鯊釣［はぜつり］（秋）……162
畑打［はたうち］（春）……61
鉢叩［はちたたき］（冬）……205・206
初霰［はつあられ］（冬）……195
初潮［はつしお］（秋）……160
初時雨［はつしぐれ］（冬）……189
初霜［はつしも］（冬）……196
初雪［はつゆき］（冬）……199・199
花［はな］（春）……50・51・52・54
花盛り［はなざかり］（春）……63
花薄［はなすすき］（秋）……180
花散る［はなちる］（春）……55・56・69
花野［はなの］（秋）……150
花の雨［はなのあめ］（春）……53
花守［はなもり］（春）……51
春［はる］（新年）……16
春風［はるかぜ］（春）……28・67
春炬燵［はるごたつ］（春）……37
春雨［はるさめ］（春）……46・60・71
春の雨［はるのあめ］（春）……33
春の月［はるのつき］（春）……77
春の野［はるのの］（春）……31
春の野ら［はるののら］（春）……70
春の日［はるのひ］（春）……68
春の夜［はるのよる］（春）……53
春めく［はるめく］（春）……47
火桶［ひおけ］（冬）……207
蟇［ひきがえる］（夏）……103
雛［ひな］（春）……41・42
日の春［ひのはる］（新年）……7
雲雀［ひばり］（春）……45
姫百合［ひめゆり］（夏）……89
日焼田［ひやけだ］（夏）……131
冷麦［ひやむぎ］（夏）……96
鶸［ひわ］（秋）……178
枇杷の花［びわのはな］（冬）……207
蕗の薹［ふきのとう］（春）……38
蒲団［ふとん］（冬）……18

吹雪［ふぶき］（冬）……19
冬構え［ふゆがまえ］（冬）……205
冬枯［ふゆがれ］（冬）……197
冬椿［ふゆつばき］（冬）……25
冬の梅［ふゆのうめ］（冬）……16
冬の月［ふゆのつき］（冬）……188・204
冬の蠅［ふゆのはえ］（冬）……203
孑孑［ぼうふら］（夏）……120
星合［ほしあい］（秋）……116
榾［ほだ］（冬）……13
蛍［ほたる］（夏）……95・99・104・107
牡丹［ぼたん］（夏）……82
時鳥［ほととぎす］（夏）……86
ほととぎす［ほととぎす］（夏）……87・90・92
祭［まつり］（夏）……106
豆打［まめうち］（冬）……26
短夜［みじかよ］（夏）……100・105
水鳥［みずとり］（冬）……210
みぞれ［みぞれ］（冬）……17
御代の春［みよのはる］（新年）……10

麦畠［むぎばたけ］（夏）……81
木槿［むくげ］（秋）……142
名月［めいげつ］（秋）……160
百舌鳥［もず］（秋）……149
藻の花［ものはな］（夏）……95
紅葉［もみじ］（秋）……170
桃の花［もものはな］（春）……42
柳［やなぎ］（春）……32
藪入り［やぶいり］（新年）……14
山吹［やまぶき］（春）……72
夕顔［ゆうがお］（夏）……117
夕時雨［ゆうしぐれ］（冬）……193
夕涼み［ゆうすずみ］（夏）……114・115・123
夕立［ゆうだち］（夏）……109・117
雪［ゆき］（冬）……17・18・22・209
雪景色［ゆきげしき］（冬）……215
雪の原［ゆきのはら］（冬）……11
雪間［ゆきま］（春）……37
雪まろげ［ゆきまろげ］（冬）……12・19
行く秋［ゆくあき］（秋）……186・187

行春［ゆくはる］（春）……78
湯殿詣［ゆどのもうで］（夏）……124
夜寒［よさむ］（秋）……175
夜長［よなが］（秋）……172
若楓［わかかえで］（夏）……85
若菜［わかな］（新年）……9
鷲の巣［わしのす］（春）……48
早稲［わせ］（秋）……155
渡り鳥［わたりどり］（秋）……162

俳句作者索引

惟然［いぜん］……16・33・116・121・132・138・163・176・210
一笑［いっしょう］……25
羽紅［うこう］……12・49・55・107・194
越人［えつじん］……10・31・52・62・88・170・182・199・206
乙州［おとくに］……15・16・64・131・150・161・205
荷兮［かけい］……32・36・47・78・101・167・174・175・190・190
可南女［かなじょ］……115
其角［きかく］……7・14・18・26・30・41・49・51・59・65・67・80・95・96・102・105・105・108・117・119・123・126・141・145・157・159・160・171・172・181・196・198・203・204・204・214・215
九節［きゅうせつ］……154
曲翠［きょくすい］……9・62・103・207
去来［きょらい］……17・19・41・51・61・63・64・87・90・96・99・104・114・124・125・137・140・144・144・158・159・167・180・189・192・203・214
許六［きょりく］……12・28・35・54・60・72・77・79・91・113・125・140・173・197・206・211
琴風［きんぷう］……13
荊口［けいこう］……33
兀峰［こっぽう］……139
杉風［さんぷう］……10・66・70・86・102・122・134・141・158・169・188
支考［しこう］……8・14・37・46・52・61・82・133・142・155・172・177・180・186・193・196・216
子珊［しさん］……35
洒堂［しゃどう］……13・44・69・109・169
重五［じゅうご］……77
小春［しょうしゅん］……145
丈草［じょうそう］……17・30・34・45・59・63・71・86・98・109・127・146・149・156・161・168・181・185・187・188・195・208・212・212
尚白［しょうはく］……83・117・137・179・187・208
除風［じょふう］……133
仙化［せんか］……66
千那［せんな］……43・106・120
沾圃［せんぽ］……32
園女［そのめ］……31・34・69・80・114・186・213

曾良［そら］……84・91・92・100・106・121・124・128・136・151・152
素龍［そりゅう］……89
探丸［たんがん］……19
智月［ちげつ］……27・37・50・85・217
長虹［ちょうこう］……21・104
洞木［どうぼく］……15
桃隣［とうりん］……42・88・89・97・118・126
杜国［とこく］……53・70・191
土芳［どほう］……36・46・73・107・170・176・198・209
破笠［はりつ］……135
半残［はんざん］……29・53
風国［ふうこく］……173
不玉［ふぎょく］……195
史邦［ふみくに］……68・108・179・192
木因［ぼくいん］……134
北枝［ほくし］……9・42・55・99・103・122・131・136・142・168・175・185・193・218
木節［ぼくせつ］……90
凡兆［ぼんちょう］……11・22・27・29・48・48・56・84・95・97・113・118・139・149・155・157・160・174・191・205・210・213・217
正秀［まさひで］……68・119・178・189・209
木導［もくどう］……67
野水［やすい］……21・72・78
野坡［やば］……7・26・47・65・115・127・150・151・177・194
野明［やめい］……163
游刀［ゆうとう］……81
嵐推［らんすい］……45
嵐雪［らんせつ］……8・18・25・43・54・71・79・81・83・100・101・123・135・138・143・152・153・153・162・211
利牛［りぎゅう］……20・38
李由［りゆう］……98・215
涼菟［りょうと］……44・85・143・154・197
涼葉［りょうよう］……116
浪化［ろうか］……60・73・87・156・162・178
露川［ろせん］……11・82
露沾［ろせん］……28
路通［ろつう］……20・38・50・120・132・171・199・207・216

著者略歴

高柳克弘（たかやなぎ・かつひろ）

1980年 静岡県浜松市生まれ。早稲田大学教育学研究科博士前期過程修了。専門は芭蕉発句の表現研究。

2002年「鷹」に入会、藤田湘子に師事。2004年「息吹」50句によって俳句研究賞受賞。2005年藤田湘子逝去。新主宰小川軽舟の下、「鷹」編集長就任。

2008年 評論集『凜然たる青春』によって俳人協会評論新人賞受賞。2010年 第一句集『未踏』によって第一回田中裕明賞受賞。

2017年度、Eテレ「NHK俳句」選者。

著書に『凜然たる青春』（富士見書房）、『芭蕉の一句』（ふらんす堂）、『未踏』（同）、『寒林』（同）、『名句徹底鑑賞ドリル』（NHK出版）、『どれがほんと？万太郎俳句の虚と実』（慶應義塾大学出版）。読売新聞夕刊「KODOMO俳句」選者。

発行　二〇一九年七月七日　初版発行
著者　髙柳克弘 ©2019 Katsuhiro Takayanagi
発行人　山岡喜美子
発行所　ふらんす堂
〒182-0002 東京都調布市仙川町一―一五―三八―2F
TEL（〇三）三三二六―九〇六一　FAX（〇三）三三二六―六九一九

蕉門の一句　365日入門シリーズ

URL :http://furansudo.com/　E-mail :info@furansudo.com
装丁　君嶋真理子
印刷　三修紙工㈱
製本　三修紙工㈱
定価＝本体一七一四円＋税
ISBN978-4-7814-1191-0 C0095 ¥1714E